わたしでよかった

さよなら大腸ガン

今井美沙子

Imai Misako

東方出版

まえがき

今年の春頃、生命保険会社のガン保険の勧誘のパンフレットが届いた中に、現在の日本人のガンの罹患率の三択問題があった。

①十人に一人

②五人に一人

③二人に一人

夫は①を、息子は②を、私は③を選んだ。

結果、正解は③であった。

夫と息子は二人に一人の割合に大変驚いていたが、私は驚かなかった。

というのは、これまで友人知人、親類がガンになって、旅立ってしまうのを多く見送った。

テレビでも有名人がガンであることを告白したり、ガン保険の宣伝がテレビコマーシャルで日夜流れるし、毎朝の新聞広告、あるいは雑誌等でもガン関係の本の宣伝を見ない日はないからである。

その時、私は心の中でふと思った。

「我家は三人家族。二人に一人がガンになるのであれば、わたしがなった方がいい」と。

夫と結婚して四十四年。

私は自分の不注意からこれまで大火傷や猫に噛まれるなどの大ケガを何度かした。

その度に思ったものだ。

「わたしでよかった。もし、夫や息子だったら可哀相で、夜も眠れなかったかもしれない。やっぱり、わたしでよかった」と。

今年の夏、私は大腸ガンを宣告されたが、その時、とり乱さず、意外と冷静にその現実を受けとめることが出来た。

「わたしでよかった」と心から思えたのである。

大腸ガンは今や女性の死亡率の一位である。

死亡原因一位となると、現在も大腸ガンの予備者がそれだけ多いと推察される。

大腸ガンと一口にいっても一体それはどういう症状のガンなのか、手術は可能なのか、手術して切除すれば完治するのか、検査はどうするのか、入院するのにはどうしたらいいのか、入院の費用はいくらくらいかかるのか、入院期間はどれくらいなのか、術後の生活はどうしたらいいのか……。

私は手術を受けるにあたり、大腸ガンの経験者の手記のようなものを読んでみたが、あまり詳しいことはわからなかった。

ならば、私があとに続く大腸ガン患者のために、自分の体験したことをつぶさに綴ってのこそうと思ったのである。

大腸ガンは早期発見し、すぐに決心して手術を受けるなら、九十パーセントの生存率であると、近所の胃腸専門病院の壁にポスターがでかでかと貼ってある。

そのために年に一度は大腸の内視鏡検査を受けましょうと奨励している。

全国市・町・村で大腸ガンの検査（まず、便の潜血検査と血液検査）が無料に近い費用で行われているはずである。

便秘と下痢のくり返しが続いていたり、便に血が混じっていたりしたら、すぐに近所の胃腸科のある病院へ行って検査を受けて欲しい。

恥ずかしがったり、おっくうがったりせずに受けて欲しい。

ひとつ簡単な例をあげれば、肛門から内視鏡を入れるので、お尻丸出しで恥ずかしいと私は思いこんでいたが、何のことはない、キュロットスカートのようなものを着ると、肛門の付近に小さな穴があいていて、そこから内視鏡をいれたのであった。

本書は私と共に大腸ガン予備者の人たちが、検査、入院、手術、退院、もとの生活へ戻るまでの旅をしていただきたくて書かせていただいた。

最後まで私と共に大腸ガンを克服する旅を続けていただきたいと思う。

本書を読めば、大腸ガンは恐い死に病いではなく、早期発見し、適切な治療（ポリープの切除、ガンの切除手術）を受ければ、克服出来る病いであることがわかっていただけるだろう。

二〇一四年九月三十日

●目次

第2章　病院にて

第3章　手術とその後

エピローグ

プロローグ

前兆

今年の三月頃より、体がだるく、風邪も引いていないのに熱っぽく、何か自分の体の中で異変が起こり始めたのではないかと感じてはいた。

まず、がんこな便秘のあと、軟便となり、硬い健康的な便が出なくなった。

幼なじみの医師に電話で相談すると「腸が水分を吸収しすぎているんや。腸があまり水分を吸収しないように整腸剤を調合して送ってあげるわ」といい、すぐに薬は送られてきた。

それを飲み始めると数日して形のある便となり、治ったと思いこんでいた。

私の場合、大腸ガン特有の血便が出るということはほとんどなくて、たまに血がほんの少し混じっていても、浣腸で肛門を傷つけたからだと勝手に解釈していた。

大腸ガンというと、戦後、洋風の献立が多くなり、肉類を多く食べ、酒、煙草がつきものと思われているが、私の場合、酒も煙草も駄目で、肉も好きではないし、魚や野菜の方が好きである。

洋菓子や和菓子も苦手で、果物の方をよく食べている。

しかも少食である。

従って食べ物が原因ということは考えられないが、がんこな便秘には常々悩まされていた。

納豆、ヨーグルトをはじめ、便通がよくなるという食物繊維の多い野菜などを主に食べていたのにもかかわらず、便が出にくく、毎日、苦戦を強いられていた。

しかし、今度は便秘ではなく軟便が出るようになり、便を硬くする薬を服用となった。

三週間ほどは硬い便が出、やれやれと思っていたが、一ヶ月もするとまた軟便に逆戻りした。

ところが時々、硬い便になったりするのでしばらく薬を服用しながら様子を見ることにした。

そして、五月に入った。

朝になって洗面所の鏡を見ると、左目の上まぶたが自分の目と思えないくらいはれて、別人のようになっていた。

しかし、夕方になると、はれが引き、元通りの目になるのだった。

夜に水分のとりすぎかもしれないと思い、夜十時以降は水分をとらないようにした。

にもかかわらず、やはり朝になると左目がはれておかしい。

それで夕方までは外出することを控えた。

五月初め、友人の夫が亡くなり、御通夜には夫と共に伺ったが、翌日の葬式には行かなかった。午前十一時からなので、その時間は目がはれていて、人と会うのを避けたかったのである。

軟便が続き、左目もはれる日が続いていたのに、なぜか、病院へ行こうとは思わなかった。

六十七歳まで昨年、右ひざが炎症をおこし整形外科には行ったが、内臓のことで病院へ行ったことは一度もなかった。

「美沙子さんは細いけどほんまに元気やねぇ。病気知らずやねぇ」といわれ、自分でも自分の健康を過信していた。

同じ年の夫も私も結婚以来、一度も入院したこともなく、仕事に穴をあけたこともなかった。

熱などが出て体調が悪くなっても、二、三日、家で養生すればすっかり元気になるのが常であった。

夫も息子も「ゆっくりしてたら治るわ。昼寝でもしたらええねん」といっていた。

そうこうしているうちに、少食なのに、更に食欲が落ちてきた。

何を見ても食べる気が起こらないのである。

六月末になると、近くのスーパーで売っている田舎ちらし寿司（少量パック）を半分食べるのが精一杯。

それでも病院へ行こうとは思わなかった。

七月には十日に鹿児島での大きな講演を控えていた。毎年、七月、女子大の方へ伺うのが恒例で今年で七、八回目となる。

一年も前からの約束である。

ところが日に日に体が熱っぽくなり、測ると九度一分、八度七分……と異常な体温が続いてしんどい。

いよいよ、体の中に深刻な異変が起っているのではないかと思わないわけにはいかなかった。十日が近づくと、ますます体調が悪くなった。約束を果たさないといけないというプレッシャーが強くなり、ストレスでますます熱が上がるのであった。

その私の姿を見ていた夫は内心「十日には自分が鹿児島までついて行かなければいけないだろう」と思っていたと後に私に打ち明けた。

ところが七月十日は九州への大型台風接近のため、飛行機は欠航になるだろうということで八日には十日の講演は中止となり、十七日に変更された。

大学よりそのことを知らされると、なぜかストレスから解放され、体調がましになった。九日からは心身共に元気になった。十七日には例年のごとく、日帰りで九十分の講演を無事終えることが出来た。

便も軟便ではあるがよく出ていて、おなかの調子も悪くはなかった。

大学関係者、私の講演を聞いてくださった三百名の女子大生も誰も私が一週間前まで心身が不調だったと気づいた人はいなかったと思う。

その証拠、女子大生たちの感想文が届いたが、どの人も「元気で明るい今井先生を見ならいたい、今井先生を見ていると心から人生は面白いと思えます」などと書いてくれていたから。

今でも七月十七日のことを思うと不思議でたまらない。

その時にはすでに大きなS状結腸ガンが出来ていたのに、鹿児島日帰り講演が出来たのだから。

自分の力で行けたとは思えない。

ずっと神さまに祈っていたので、同行二人、神さまが手をそえて一緒に行ってくれたとしか思えない。

夜、家に帰りついたとたんにふとんの上に倒れこんだ。

緊張の糸が切れたのである。

こんなことは初めてであった。

いつも講演から帰るとああやこうやと夫と息子にみやげ話をするのに、口をきくのもしんどい。

夜中、目が覚めると、また熱っぽい。

測ると八度八分。

私の平熱は五度八分と低いのに……。

「わたしの体のどこかで炎症が起っている！」と確信し、「病院へ行って検査を受けよう！」と決心した。

長い間、私のような楽天家の人間はガンにはならないと友人知人にいわれてきた。

病院へ

歩いて行ける距離の胃腸科のある病院へ行ったのは七月二十二日火曜日のことであった。月曜日は祭日で休みだったのである。

その病院の先生は四十代前半くらいの体格の良いスポーツマンタイプの快活な人であった。一目でその先生のおおらかさが気に入った。私は外見で人を判断する癖がある。声が大きく朗らかなのは私好み。

まず、触診するということでおなかを出した。

先生は私のおなかをあちこち触ったが、「別に何もないなあ」とつぶやき、次、超音波でおなかを診《み》たが「別に何もないなあ」とはっきりとした口調でいった。

「ああ、とりこし苦労やったんやわ」

と私はホッとし、ほほえんだ。

先生は「念のため、便の潜血検査と血液検査しときますか?」ときいてきたので、私は了承して、看護師さんに採血してもらった。

便潜血検査のための小道具と説明書をいただいて帰り、二十三日、二十四日と二日にわたって大便を採取した。

昔のように大がかりな採取ではなく、先にみぞのあるプラスチックの細い棒で大便の表面をまんべんなくこすり、先端のみぞが埋まるくらいの量を提出することになっていた。

二十三日は軟便であったが、二十四日は、日記によれば、形のある大きい便が出たと書いてある。

二十四日、午前中、私は持って行った。結果は二十九日には出るという。

二十五日の日記には「便は出ている。おなかははっていないし、痛くもないし、楽である。熱も全くない。あの七月初めの頃の具合の悪さは何だったのだろうか。特に七月十日前の日々は……」と綴っている。

二十八日には「便がかなりの量出た。おなかすっきり。明日の結果が気にはなるが、まず、大腸ガンではないと思う」と。

結果の出た二十九日の日記も書き記す。

七月二十九日、火曜日、晴
「夜中に何度も目が覚めて眠られなかった。血便も出ていないし、先生の触診、超音波でも何もなかったので、安心とは思うものの、やはり、七月初めの体の熱っぽさを思い出すと、体のどこかに炎症が起っているのかもしれないという一抹の不安が残っているのだ。朝七時に起き、九時過ぎに病院へ電話すると、結果が届いているというのですぐに支度して歩いて行く。

診察室へ入ると先生は朗らかな表情ではなく、深刻な顔をしていた。その顔を見た時、鉄の棒でガーンと頭をなぐられたような衝撃を覚えた。結果が悪かったのだとすぐに察しがついた。

案の定、便潜血検査は二日共に陽性反応が出ていたし、血液検査の結果も悪かった。大腸ガンの腫瘍マーカーであるCEAの値が五以下でなければならないのに二十七もあり、ガンの疑いが強く、恐らくガンであろうといわれた。しかし、大腸内のポリープが原因かもしれないので、とにかく、緊急に内視鏡を入れて検査しなければいけないといわれ、八月一日金曜日、十一時からと決まる。どうせやらなければならない内視鏡検査なら、早い方がいいだろうと思って家族にも相談なく、自分で即決した。便は軟便だったり、硬い便だったりするが、毎日よく出ているし、血が混じるようなこともないし、おなかが痛いこともない。自分の大腸がガン細胞に侵されているとは、にわかには信じがたい。一瞬、呆然としたが、家族三人のうち誰かがならなければならないのであれば、「わたしでよかった」と思うことにした。祝雄や光が大腸ガンの疑いありといわれたら、その方がよほど辛かったと思うから。酷暑の中、日がさをさして家へ帰り、その旨報告すると、光が泣いたので、逆に慰めないといけなかった。祝雄は一瞬、驚きながらも淡々としていた。八月一日には祝雄がついて行くことになった」

血液検査の結果を、今、冷静に見ると、大腸ガン、胃ガンのCEAが五倍以上にもなっているし、炎症のCRPの値も〇・三〇以下でなければならないのに〇・六五と高い。

ところが免疫力を示すリンパ球の値は二十七・〇～五十三必要なのに、二十四・三しかない。ヘモグロビンの値も十一・三～十五・二ないといけないのに十・一しかなく、貧血状態である。先生に「血液検査はこの前はいつ受けましたか」ときかれた。「四十年も前です。この四十年間、病気知らずでしたので、血液検査の必要を感じなかったものですから」と答えると、「やはり、一年に一回、市民向けの健康検査に参加すべきでしたよ」といわれた。

自分の健康への過信がこうしてしっぺ返しを受けることになったのだ。

第1章　入院まで

おまえも頑張れ

七月三十日　水曜日　晴

やはり眠られず。信じがたい。あまり考えすぎるとしんどいので、気分転換で近所のブティックとパン屋へ行く。万代池を通ってパン屋へ出る路地の所でAさんと会う。おばあさんが乳母車を引いてとぼとぼ歩いて来ていたが、まさかAさんとは思わず、横を通りすぎようとしたら、「今井先生！」と声をかけられた。よくよくお顔を見るとAさんであった。思わず「どうなさいました？」ときいてしまった。「わたし、パーキンソン病になってしまいました。一人暮らしなのに数ヶ月前、家で倒れてしまったんです。じっと数時間、誰か来るのを待っていたら、偶然、息子が来て発見してくれて、救急車を呼んで病院へ行き、しばらく入院していました。こんな姿、先生にお見せして恥ずかしいです。とにかく前へ進むのが大変なんです。時間はかかりますが、リハビリのつもりでこうして散歩してるんです。今井先生はあいかわらずお元気そうで何よりです。嬉しいですわ。先生、どうかお元気で」といって別れた。いつもさっそうと自転車に乗り、早口でしゃべっていたAさんなのに……。夫と私の主宰する児童画のアトリエへ息子さんたちが通って来ていた時には三十代の若さであった。現在は七十代のはず。

パン屋で用をすまし、万代池を歩いていると、やはり、昔、アトリエの保護者であったCさん夫妻と会う。ご主人が脳梗塞で倒れたのか、両手に杖で一歩一歩、歩く練習をしていた。奥さんが横について一緒に歩いていた。行きはAさん、帰りはCさん夫妻と会い涙が出るのを必死にこらえて家まで帰って来た。自分の部屋へ駆け込み、少し泣いた。大腸ガンの宣告を受けた翌日、こういう人たちに会わされたということは、神さまがおまえも頑張れと励ましてくださったのかもしれないと思う。

七月三十一日 木曜日

いよいよ明日、内視鏡の検査日なので、食事制限となる。朝、昼、夕ともに絹ごしとうふに味しょうゆをかけて食べる。うどんはやはりかたいので心配。うどんは買っていたが食べなかった。

内視鏡検査

八月一日　金曜日　晴

検査の日。朝六時半に起きて、七時より準備をする。千八百ＣＣの下剤を作り、八時より、四百、二百と十回に分けて飲まなければならない。下剤の名はマグコロールＰ。

最初は勢いをつけて飲めるが、七、八、九、十回を飲むのが辛かった。

梅のような何ともいえない奇妙な味のする下剤。今九時すぎ。あと一回、下剤を二百ＣＣ飲めば終了。あとは便が大量に出るのを待つのみ。とにかく腸の中の便がすべてドッと出て欲しい。祈る、祈る。しかし、なかなか思うように出ない。それで病院へ電話し、時間を遅らせてくれるようにお願いするも無理というので、まだ完全ではない腸の状態のまま病院へ行く。看護師さんに浣腸をされるも、それでも最終段階の白っぽい便にはならない。

先生に「腸を洗いながらやるわ。着がえてきて」といわれ、看護師さんについて行き、手術着に着かえる。手術着というのがよく考えられていて、下はキュロットスカートのようになっており、お尻の所だけ一ヶ所あいていて、そこから内視鏡を入れるのだった。

着がえてベッドで横になった。右手の方は看護師さんが点滴を打ち、左手は別の看護師さんが血圧を測り、そして、先生は肛門より内視鏡を入れた。部分麻酔をかけているので、痛みなど何も感じないが、声だけは時々、きこえたような気がした。「胃はきれい」という声を夢うつつの状態で聞いたような気がしたが、意識もうろうであった。結果は大腸のS状結腸の近くにガンが出来ていて、それが道をふさいでいて、内視鏡がそれ以上すすめないとのこと。だんだんと下へ突き落とされる感じ。、最初の触診と超音波で「何にもないけどな」と先生はいい、次、大便の潜血検査が陽性と血液検査の腫瘍マーカーが正常五のところ、二十七もあったのでガンの疑いありといったが、本日ははっきりとガンの宣告を受けた。八月七日に公立のO病院に行くように紹介状を書いてくれた。しかし、私はおなかを切るのはイヤである。別の方法で治りたいという気持ちが強いので、これからしっかり勉強しなければいけないと思う。医者のいいなりになってはいけない。自分の体だもの、自分でしっかり見極めなければ……。これからガン関係の本を探して読み、自分に合った治療法をみつけなければと思う。「悪いガンは切りなさい」、「はい」と素直に従うわけにはいかない。その気持ちを祝雄と光に伝えると、二人共賛成し、インターネットを使って、とにかく調べてみると協力的。ありがたい。

八月二日　土曜日　雨

昨日、内視鏡検査のため、大腸に空気と水が入っているせいか、おなかが痛く、ぐるぐると音がし（ダブダブという表現が適当かもしれない）気持ち悪くて仕方ない。受ける前は元気であったのに、受けたあと、体力が消耗され、とにかくしんどい。昨日、看護師さんが「おならが出たら楽になりますよ」といったのでおならを期待した。やっと夕方頃より、七、八回出たので少し楽になり、ありがたい。まだまだ、時々、さすような痛みがあるが、おならがじょじょに出たら、この痛みもおさまるだろう。祝雄も光もよくやってくれてありがたい。持つべきものは家族だとつくづく思う。祝雄は本日、個展の最終日だったのに、画廊へは行かなかった。最終日に画廊へ行かないなんて、よほど私の心身をおもんばかってのことだろうと申し訳なく思う。が、やはり、心細くて傍にいて欲しい気持ちの方が強い。夜も腰や背中をさすってくれ、手を握って眠ってくれる。不安なので嬉しい。

以前、天王寺の天地（古書店）にてみかけて買っておいた『ガンと向き合う日々』を本箱でみつけ、心して読む。

はじめにの中で著者はこう記している。

――本書は、ガンをはじめリウマチ、肺疾患などの難病を告知された五人の方々が、その病気とどのように向き合い、どのように戦ってきたのかを追ったドキュメンタリーです。（略）本書に登場される五人は、みな一様に前向きに、明るく生きている方々ばかりです。それぞれ病気の原因や経過は異なりますが、共通点を探すとすれば、仕事や趣味などの「生きがい」を持っていること、家族や友人などの支援があること、そして信頼できる医師と出会ったこと、この三点を挙げることができるでしょう。五人の中には、末期ガンで余命いくばくもないと言われた患者さんもいますが、その方々もこれらの「支え」によってその宣告を覆し、元気を取り戻しつつあります。すなわち、患者さんを支える環境と本人の前向きな意志さえあれば、難病といえども、必ずしもあきらめる必要はないのです。——

何度も読み返し、今度は声に出して読み、私は自分への励ましとした。

私には書くという仕事がある。

そして、家族の支えは大きい。

友人たちももし打ち明けたなら、出来る限りの応援をしてくれるだろう。

あとは医師。

きっと神さまに祈るなら、信頼の出来る医師に出会えるだろう。

七、八年も前に天地にて何気なく手にとり、買っておいて本箱に入れていた本である。

今になって役立つとは不思議である。

一行一行、心にしみてくる。

遠い未来のこの日を心のどこかで予測して買っておいたのであろうか。

この本の中で大腸ガン患者の食事に関する注意が載っていたので参考までに書き写す。

〈食べてはいけないもの〉

・砂糖の入った甘いもの（コーラ、洋菓子、あめなど。料理には黒砂糖を使い、三温糖は×）

・もち米（おはぎ、赤飯、大福、もち、おかき、みりんなど）

・肉

・あくの強い山菜（タケノコ、ワラビ、ふきなど。きのこは可）

・イカ

〈食べてよいもの〉

・野菜（特に煮た野菜、野菜の摂取量の七割は煮て食べる）
・黄色野菜（トマト、にんじん、かぼちゃなど）
・緑色野菜（小松菜、春菊など）
・豆類（大豆、小豆、豆腐、納豆など）
・魚（生でも加工してあっても可。なるべく新鮮なものを選び、脂の多い大魚は避ける）
・果物
・卵は週二回程度にとどめる

〈生活上の注意〉

・便秘をしないようにする
・全身状態、足腰、体力を低下させないようにする（例：天気がよく気分もよいときは、空気のきれいな公園を散歩する。症状や運動能力に応じて水泳、ジョギングなども）
・睡眠を十分に取る
・禁煙
・規則正しい生活
・身体を清潔に保つ（温泉はかまわないが湯疲れしないように）

・禁酒または節酒
・かぜをひかないようにうがいを励行
・焦げたもの（特に動物性のもの）を食べない、または食べ過ぎない
・強い紫外線に当たりすぎない
・水道水を直接飲むことを避け、湯冷ましかお茶などを飲む
・健康的な趣味をもつ

この本を読んで以来、食事については参考にすることにした。ガン一般の食事療法ではなく、大腸ガン用の食事療法とあったので。

医者任せにはしない

八月三日　日曜日　くもり

六時十五分に目が覚め、続けて三回大きなオナラが出て、ますますおなかが楽になって来た。今、午後一時三十分。先程トイレへ行くと、びっくりするくらいの量の便が出た。本当にすっきり。気持ちいい。光がインターネットで樹状細胞ガンワクチン療法のクリニックをみつけてくれる。よく読むとストンと胸に落ちるいい治療法だと思う。体外で作成した樹状細胞を患者

に投与し、リンパ球を教育させてガン細胞を「狙い撃ち」するのである。部分的ではなく、血液を通じて体全体にすくうガン細胞をやっつけるやり方は合理的だと思い、感心する。祝雄もこの方法がいいと乗り気である。最初、一六九万円もかかるが、費用のことは気にしないようにと太っ腹なことをいってくれる。ありがたし。夕方、『ガンは切らずに治る』が届く。早速読む。大腸ガン（S状結腸ガン）を切らずに完治した人の話が紹介されていた。主治医や家族は切ることをすすめるが、がんとして受けつけず、赤外線温灸療法とアクロポリスやビタミンCなどを服用して完治したという。気力の問題でもある。その人は治る前、黒い便が三日続けて出たという。

八月一日にガン関係の本をインターネットを通じて十冊ほど注文してもらった。とにかく、自分の体のことだから、医者任せにせず賢い患者にならなければいけない。求められる本は出来るだけ多く求めて、真剣に読んで勉強しその上で治療法を決めようと思う。幸い祝雄も光も自分のことのように真剣に協力してくれ、経済的な心配もしなくていいのでありがたい。私は四十歳を迎えた頃から老後のことを考えて、貯蓄をしてきた。そんな私の姿を見て、祝雄は「美沙子は安心するのが好きやなあ。まだ早いと思うで。老後の心配をするのは」と笑っていたが、今回、私が大腸ガンの宣告を受けたあと、「こんな日のために、一生懸命、貯金してたんよ。おかげで医療費や生活費の心配せんでいいんやから」というと真剣な顔をしてうなずいた。

八月四日　月曜日　雨のち晴

朝からオナラ三回出る。三回目は勢い余ってやわらかい便も一緒に出たので着がえる。先程、四回目も出たが、これは空気だけだったのでよかった。朝から三度ほどやわらかい便ではあるが、かなりの量、出ている。S状結腸の所にがんが出来ていて、詰っていて内視鏡が通らなかったというが、本当だろうかと思う。赤黒く、グロテスクな形のガンの画像もこの目で確かに見たが、今もって信じられない。とにかく、大便、小便、オナラ、体の中の悪いものを出し切らないといけないと思っている。

『幸せはガンがくれた』が届き、早速読み始める。心にしみ入るいい本である。やはり心、自分の心が大切。気持ちをしっかり持ってガンを撃退しなければと思う。この本を読んでいたら『がんのセルフコントロール』という本が素晴らしいとの活字がみつかった。

「えっ、この本、どこかで見たわ」と思い本箱を見ると、みつかった。二十年以上も前に、大阪の出版社、創元社に仕事でよく出入りしていた時、その本の担当者から直接いただき、長い間、読まないまま、私の寝室の本箱の一番上に置いてあったのだ。アメリカの放射線医師のサイモントン氏が自分の病いは自分で治すイメージ療法を提唱し、その実体の本である。すぐに読み始め、「これだ、このイメージ療法だ。このイメージ療法でガンを退縮させよう」と単純な私は、こちらの方に心がひきつけられた。イメージ療法を今夜から実行しよう。自分のガンに向かって、あまり暴れないようにいおう。白血球に向かっては自分が寝ている間、ガンが大きくならないように見張ってもらおうなどと考える。どの頁をめくっても心に響くし、自分でも微力ながらガンをコントロール出来るような気になる。この本は、二十余年前からこの日のためにすでに用意されていたのだと思う。運命の本の様な気がする。心して最後まで一行一行大切に読んでみよう。

八月五日　火曜日　晴

本日、オナラもよく出るし、おしっこも便もよく出る。体の中の悪い物がどんどん出て行ってくれて、最後にガンも一緒に出て行ってくれたらどんなに嬉しいことか。時間があるとおなかのガンに呼びかける。「あんた、悪いけど、そろそろ、わたしの体から出て行ってくれへんか。白血球の兵隊があんたたちを退治に行くから、早急に白旗あげて、退散してね。お願いやから」。そのうち、きっときいてくれると信じている。

おかげさまで顔がやせないのが救い。今朝の体重四十・七キログラム。

理研の笹井氏自殺。ＳＴＡＰ論文を指導した人物。小保方晴子氏に遺書をのこしたと報道されている。人間、自殺しなくてもいつかは必ず死ぬのに……。

八月六日　水曜日　晴

夜中二時半頃トイレへ。大便が出る。朝七時頃トイレへ。大便が大量に出る。その後、二、三回大便が出る。オナラも何回も出る。ずいぶんよくなったような気もするが……。八月一日、S状結腸ガンといわれ、このまま放っとくと腸閉塞になり、命に危険が及ぶとまでいわれたが、とても信じられない。オナラが出るのは腸閉塞でない証拠。便が出るのはましてやと私は思っている。明日、O病院へ行く日であるが、行くべきかどうか迷っていたが、あのスポーツマンタイプの先生の顔もあるので、一応、行ってみようか。

O病院で初診察

八月七日 木曜日　晴

O病院へ行く日。十時半には家を出、十時四十五分には二階外科外来の受けつけに座っていたがなかなか順番が来ない。十一時の約束だったのに。それで通りかかりの事務員さんに聞くと後の人を前にして、時間をゆっくりとって私の話をきくことにしているということなので、ゆっくり待つことにする。ソファに座っていると、私の前を何度も顔を見ながら通りすぎる人がいる。私も顔を上げると「今井先生ですか?」ときいてくる。「どなたでしたかしら?」ときくと、「Kの母親です。もう三十年くらい前に、先生の児童画のアトリエに通わせていただいていた……」といったのではっきり思い出した。聞くと胆のうガンの手術をし、その経過検査の日で、結果は良好だったと明るい表情で教えてくれた。胆のうガンの手術はわずか五日ほどの入院であったとのこと。こともなげに手術の話をするのでびっくり。私など絶対に体にメスを入れたくないので。やっと診察室から呼ばれたのが十一時半すぎ。M先生は体格のいいやさしそうな笑顔のいい若い医師。四十代であろうか。気さくな人柄である。私のガンは肛門から約二十センチの所にあって管をふさいでいるのでいつ腸閉塞になるかわからないという。上から食べても下へ流れなくなるので、吐き戻しをするようになるのも時間の問題だという。

　そのうちおなかがパンパンに張って身動きとれないくらいになる。その時にはまっすぐ自分をたずねて来るようにといわれるが私自身にはピンと来ない。スポーツマンタイプの先生が病理片を研究所に出していて、その結果があと一週間くらいで届くという。それで、八月十七日四時に家族も連れて、M先生と面談と一方的にいわれる。それは了承する。良性なのか悪性なのか、ただのポリープなのかも調べてもらっているという。八月一日、大腸ガンといわれたはずなのに、今頃になって良性なのか、悪性なのか、ただのポリープなのかといわれると戸惑う。それで家へ帰れると思ったら大まちがい。あと、肺活量の測定、心電図の検査、血液検査、胸部、腹部のレントゲン検査などへ回される。場所がわからずにウロウロとする。大きい病院は患者にとっては不便である。血液検査は七本も採血した。よほど厳密に検査してくれるのだろう。

　八月十四日はCT検査の予約をとってくれたので、十時半にはレントゲンの所へ行かなければならない。自分はのぞまないのに、どんどんと話が進んでしまっている。

　病院へ行ってみたら、私など痛みもなくさっさと歩けるので、まわりの人に健康体と見られたようである。さて、お金の支払いであるが、自動支払機になっていたのでびっくりする。係の人に教えていただきながら支払いをすます。便利かもしれないが味気ないと思う。家へ帰ったのが二時半過ぎ。約四時間もかかったことになる。病気をすると時間貧乏になるとはよくいわれるが、ロスが多く大変である。その四時間の間に、やはりノンフィクション作家としての観察は忘れなかった。

一人の女性（四十代後半か？）に四人のつきそい。きくと夫、夫の母（姑）、自分の両親。その人たちが待ち合いの長い椅子を占拠している。夫一人のつきそいだけでいいと思うが。

そこへ車椅子に乗せられた女性（六十代くらい）がやって来たが、短いスカートなのにひざを揃えていないのでパンティ丸見え。それもパンティ一枚。ガードルも三分パンツも上に重ねて着ていない。考えられない。私など明治生まれの両親に育てられたので、幼少の頃より、行儀についてはやかましくしつけられた。「女の子は座る時には必ず両ひざをくっつけること」というのは当り前であった。

十八歳で大阪へやって来たが、電車の座席に座った女性がひざを揃えていなくて、目のやり場に困ることが多く、どういう家庭で育ったのだろうと思ったものだった。

私と同じ年頃の老女性なのに一体、どういうことなのだろうかとあきれて車椅子の女性を見た。待ち合いのソファに座っている人たちがみんな目のやり場に困った。一人のおじさんが聞こえよがしに「あんなばあさんのスカートの中、見とうないわ。隠さんかい」といったが全く気がついている様子はなかった。息子らしき人（顔がそっくり）が車椅子を押しているが、無神経そうな人に見えた。母親のひざにせめてひざかけかバスタオルでもかけてあげるべきではないか。回りの人たちは視線をそらした。

血液検査室の前では、尿検査用のカップを持ったまま、あっちうろうろ、こっちうろうろしている老女性が目についた。今にもこぼれそうでハラハラした。

私は先程採血が終わり、外の椅子に座って注射針の入った部分を五分ほど押さえるようにいわれたので押さえていたが、カップに尿がなみなみと入っている様子なので、やはり見て見ぬふりは出来ないと思い、立って行って、尿のカップを置く場所へ一緒に歩いて案内した。何十人もの人がその老女性の姿を見ていたはずなのに誰も立って行って世話をする人はいなかった。

その前、私が中の待ち合い所のソファに座って採血の順番を待っている時、五十代くらいの女性に話しかけられた。

同年代の夫らしい男性とその男性の父親らしき人と一緒にいた女性である。

外の待ち合い所はソファが沢山あるが中の待ち合い所は七、八人しか座れない。

そのソファに夫が老父と一緒にでんと座ったので女性が怒っていた。

「あんたは体悪うのうてつきそいなんやから座らんでもええやん、立っとき。ほら、見てごらん、採血の順番のカード持ってはる人が立ってるやんか。ほんま、気がつかん人間やわ」と。

私がその方を見た時、この人ならわかってもらえると思ったのか、話しかけられたのである。

「何もわたしまでついて来んでも主人だけついて来てくれたらいいんやわ。そしたらわたし、家の用事がはかどるのに……。いちいちわたしまでついて来さされますねん。時間がもったいのうてたまりませんねん。どう思いはります？」

「……」

私は答えられなかった。その人のいうことはよくわかったが、夫の手前、あいづちを打つわけにはいかなかった。

ガンの本を読む

八月八日　金曜日　くもりのち小雨

今、午後一時五十分。先程もトイレへ行きびっくりするくらいの量の便が出る。朝九時前には祝雄に見てもらうほど大量の便が出た。それには固形になりかけの便も混じっていた。だから、どうしても自分が大腸ガンといわれても信じられない。大腸の管が、ガンでふさがっているると映像まで見せられてもまだピンと来ない。そしたらなぜ、これだけ大量の便が次々に出るのか説明がつかない。

朝から『ガン細胞が消えた』『ガンは切らずに治る』を読む。まだ途中であるが、免疫療法で治った人たちが何人も紹介されているので、私も希望を持ちたい。光に『大学教授がガンになってわかったこと』を注文してもらう。二、三日うちには届くだろう。この際、徹底的にガンについての勉強をしようと思う。希望を持って……。

八月九日　土曜日　雨

本日『がんのセルフコントロール』を読了した。一番後のページに創元社の出した本の中に『がんを克服し、生きる』という本をみつけ光に注文してもらう。ところがその十分後くらいに自分の寝室の本箱を見ると、ちゃんとその本があるではないか。光にすぐに注文をキャンセルしてもらう。この本も『がんのセルフコントロール』と同じ時期に創元社でいただいたことを思い出した。もうすでに二十余年前からこの本は私の部屋にあったのだ。一度も一ページも読んでいないのに、ずっとこの本はその場所で私に手にとってもらうために待っていたのだ。午前中に読了する。というのは著者が『がんのセルフコントロール』の監修者なので、それからの引用が多く、すぐに理解出来た。午後『大学教授がガンになってわかったこと』が届く。半日で読了した。私と同じ大腸ガンの手術のあと、三年余りを経てすい臓ガンを手術し、あと抗ガン剤に苦しみ……。西洋医学を信じて外科手術をすぐにした人。今の私とは異なるが、同じ大腸ガンなので親しみを持って読める。この本の中で、血液検査ＣＡ19－9というのがすい臓の腫瘍マーカーの値、総ビリルビンが肝臓の値というのがわかった。血液検査の結果表はいただいたが、見方がわからなかったので、これで少しではあるがわかるようになってきた。リンパ球の免疫力というのもわかった。

本日も何回も便が出た。固形の便ではなかったがそれでも量は多い。S状結腸部分にガンが巣くっているなど、いまだに信じがたい。

何とか手術を回避したいという思いは強い。

八月十日　日曜日　雨、風、台風

ガン関係の本ばかり読んでいる。久しぶりに千葉敦子さんのガン闘病記も再読した。強い人である。ガンが再発したのに、あえて日本を離れてニューヨークで一人暮らしを決行するなんて内心、夫や息子を頼りにしている私には考えられない。あまりの頑張りように読み進むうちに私の方が息が苦しくなり本を閉じる。こういう女性は万人に一人の割合だろうと思う。

強い人と感嘆はするが、自分にはとうてい真似は出来ない。

ガンが再発した時にも神仏にすがったという記述は全く見当らない。

自分自身の生活能力と精神力をよほど信じていたのだろう。

日本の医療の貧しさを批判している語り口にも違和感を覚えた。

確かにアメリカと比べたら、病院の設備、病人食等、遅れているのかもしれないが、日本は国民皆保険のため、かなり広く医療が受けられていると私は思っている。

日本の保険料も医療費も安すぎると断じているが、現在でも貧しい人にとっては保険料も医療費も高いので支払えない人もいる。

しかし、千葉さんはこういう医療の貧しい日本では死にたくないと明確にインタビューに答え、実際、アメリカで亡くなった。

四十六歳という若さであった。

千葉敦子さんの本は四十代初めの頃に読んで、そのまま本箱に入れていたが、今回再読して、私も年を重ねて心身が弱くなってしまったのか、正直いって、とてもしんどい本であった。

元気で若い頃はある面、千葉さんに対し、拍手を送ったこともあったが。

本というものは、若い頃、感動した本であっても、年を重ねて再読すると、また違った思いが出て来るのだとつくづく思った。

千葉さんの本で、今、手もとにあるのは『わたしの乳房再建』、『昨日と違う今日を生きる』、『乳ガンなんかに敗けられない』、『ニューヨークの24時間』、『寄りかかっては生きられない』の五冊である。千葉さんの本は探せば家の中にまだあるはずであるが、今回はこれらを全部再読するだけのエネルギーが私にはない。

午後三時頃トイレへ行くと大量の便が出た。先程三時四十五分頃にもトイレへ行くと、また大量の便が出た。大腸の中に詰った所が一ヶ所、何かの拍子に大きい穴が出来たのかもしれないと思う。それでなければ、あの断面の映像を見る限り、便が出てくる余裕の空間がないのだから。ひょっとしたら、毎日の私のイメージ療法が功を奏し、白血球がガン細胞をやっつけて、穴があいたのかもしれないと嬉しい想像をしてしまう。毎日、毎夜、私は時間をみつけては自分の体の中の白血球に命令している。眠る前にもふとんに横になり、手の平でS状結腸部分を押さえて、「わたしはこれから眠るけど、白血球君よ、24時間休まず、わたしの体内をパトロールしてくださいね。ガン細胞をみつけたら、即、やっつけてくださいね。お願いしますよ」とお願いして眠りについている。翌朝、目が覚めるとまた同じことをしている。ガン細胞は実はとても弱い存在らしい。熱にも弱いし、またガン細胞膜も薄くて弱いらしい。次から次へ増殖すると、中の血管に血液と栄養がゆき渡らずに壊死するらしい。するとその壊死した老廃物が肛門と尿道から出て来るらしい。だから私はトイレに入ると「体の中の悪い物がどうか沢山出ますように」と祈りつつ用を足すことにしている。午後五時二十分、またまた大量の便が出る。おなかが痛いこともないし、オナラはひんぱんに出るし、今の所、何の不都合もない。このまま手術せずやりすごせるような気もしてきた。

柳原和子さんの著書、三冊、光に注文してもらう。『がん患者学』、『百万回の永訣』、『柳原和子もうひとつの「遺書」』。

『がん患者学』は十万部も売れた本ではあるが、わたしは読んでいないので、読んでみようと思う。柳原さんは一九五〇年生まれ、二〇〇八年に亡くなった。五十八歳という若さ。鶴見俊輔先生とＮＨＫで対談した番組は観たはずなのに、内容は全く覚えていない。本が届いたらしっかり読もう。

まだまだ希望はある

八月十一日　月曜日　晴

昨日とうって変わって好天気。その代わり暑さが戻り、しんどい。昨日と異なり、便の出も悪い。夕方今井家の墓掃除に行くので、草むしりなどして動いたら、また昨日のように便が沢山出るかもしれない。

タクシーにて墓掃除へ。運転手さんに待ってもらい、その間に、祝雄、光、私の三人で草むしり、石碑を拭いたりする。今年は行けないかもしれないと思っていたが、三人で行けて、無事墓掃除が終わり、ホッとした。

朝、かぼちゃの煮物、大根おろしにおじゃこを混ぜ、レモンをかける。梅干し一ヶ、ヨーグルト。昼、かぼちゃの煮物、タラのオリーブ油焼きにレモンかけ、大根おろしにおじゃこにレモンをかける。ほうれん草のおひたし、梅干し一ヶ。夜、かぼちゃの煮物、大根すりにおじゃこのレモンかけ。絹ごしとうふにレモンかけ。バナナ、西瓜。

熱三十六・三度、体重四十一・七キログラム。

八月十二日　火曜日　くもり

夜中、雨が降って来たので、起きて、洗濯物をとり入れる。光も起きて来て、手伝ってくれる。廊下に干していたら朝になると乾いていた。

早朝、寝床の中で大きなオナラが出た。その後も数回出る。昨日、あまり大便が出なかったので、だんだんと腸閉塞に向かうのではないかと心配していたが、本日は一昨日と同じように沢山便が出たのでおなかがすっきりした。この体調が続いて欲しい。

朝、バナナ、大根おろしにおじゃこ、レモンかけ。昼、バナナ、大根おろしにおじゃこレモンかけ、ヨーグルト。夜、かぼちゃの煮物、タラのオリーブ油焼にレモンかけ、大根おろしにおじゃこにレモン、菊菜の白あえ。

柳原さんの本三冊届く。早速『がん患者学』の後の部分、柳原さん自身の闘病記を読む。いたましい辛い記録である。どの人も悪い部分を切除し、抗ガン剤治療を受けたのにもかかわらず、まもなく転移し、結局、亡くなっている。柳原さん自身も亡くなった。やはり私には『幸せはガンがくれた』の方が心にぴったりする。折角、三冊手に入れたが、重たい内容なので、今すぐは読めそうにない。

指圧の人に来ていただく（十余年前より、月に一、二回来ていただいている。原稿書きが仕事なので肩が凝る)。
指圧の人に足裏のS状結腸のところを重点的にもんでもらう。心なしかS状結腸のあたりのかたまりがやわらかくなったような気がしている。ありがたし。

八月十三日　水曜日　くもり
夜中、大きなオナラが出る。朝にも出る。腸閉塞にはなっていない。まもなく時間の問題で腸閉塞になるようなことをいわれたが、今のところ、私の腸は順調に動いているようである。明日はO病院にてCT検査日。本日は胃腸に負担をかけないものを食べなければと思う。明朝は絶対に食物を口の中へ入れてはいけない。先程、久しぶりに浣腸をして、大量の便を出す。おなかすっきり！　これだけの量の便が出るということはS状結腸ガンのどこかに便の通る穴があるということだ。まだまだ希望はある。明朝、CT検査の前に水分を三百CC飲まないといけないので、家からペットボトル持参とのこと。忘れないようにしなければ。

CT検査

八月十四日　木曜日　くもりのち晴
夜一時間おきくらいに目が覚めて眠られず。本日のCT検査のことが気になっていたのだろう。CT検査の結果、大腸ガンと確定され、腸閉塞になるからと手術をすすめられたらどのように断ったらいいかと考えると眠れない。手術は絶対イヤである。実は単なる大腸炎であった、誤診であったといわれるのを半分くらいは期待している。

六時半に起き、裏の鉄の階段の所のドアを開けると外猫のタビがいたので、大好物のかにかまぼこ+《プラス》シラス+かつおぶしを混ぜてやると、大喜びの様子で食べる。内猫のタマと小ボスには釜あげシラスをやる。

歯をみがき、顔を洗ったものの、しんどくて、またふとんへ。八時半には起きて着がえ、三人で食卓に座る。私は絶食しないといけないので祝雄と光だけ食べる。

十時に家を出て、O病院のCT室へ。

待っている間に水を少しずつ飲む。

青色の検査着に着がえる。

十時五十分に呼ばれてCT検査台の上へ。

やさしい男性の技師と、やさしい看護師さんだったので、安心して検査を受けることが出来た。

造影剤の注射、大丈夫かと気になっていたが拒否反応もなく、副作用のようなものもなく、無事終了。造影剤が体に入ると、体がカーッと熱くなって汗をかいた。

検査は早く終ったが会計で手間をとる。

私は三五三番。なかなか順番が来ない。

退屈なので周囲の人を観察した。老妻が老夫の車椅子を押す人、老夫が老妻の乗った車椅子を押す人、半々くらいである。老老介護がかなり目につく。

八月十四日、お盆なので病院はすいているかなと期待して行ったのにいつもより多いくらい。逆に盆休みを利用して検査などに来ている人が多いのかもしれないと思う。

本日のCT検査代九千三十円。三割負担でも、かなりの金額である。貧しい人はとても受けられない金額である。

実際、身近に健康保険料をおさめることが出来なくて、保険証を使えない人を知っているから、尚更、そのように思うのである。

家へ帰ったのが午後一時前。汗をかいていたので下着をかえ、昼食。

私はいつものメニュー。祝雄と光には焼うどんをする。今、一時四十分。やっと机の前に座れてこうして綴っている。これですべての検査は終了。八月十九日、果たしてどのような結果がでるのやら。

やせては来ているが、何かの理由で体質改善がなされたのか、五月、六月、七月の頃と比べて体調は良い。昨夜は熱も全くなかった。右わき下三十六・三度、左わき下三十五・九度と良好な体温となった。

体の中の炎症がどうも消えつつあるらしい。さて本日のCT検査の際、サングラスを持参した。と、いうのは、知人の息子さんがやはり直腸ガンでCT検査を受けたが、その際、造影剤のせいか、目の下が赤くなり、異様にふくらんで普通の顔になるのに三日ほどかかったときいていた。

私もそうなって外を歩いていて、知っている人と会ったらイヤなので、一応目の回りを隠すべく濃い色のサングラスを持参していた。

が、おかげで何も変化はなかったのでかけずにすんだ。ありがたし。

そもそもCT検査とは、さまざまな角度や高さから、横たわった患者に無数の細いX線ビームを照射することによって、体の内部構造を輪切りにした鮮明な画像を得る検査法である。

検査のあと一枚の紙をいただいた。

それには次のように書いていた。

――本日、あなたが受けられた検査は「造影剤（第一三共のオムニパーク300）」という薬を血管内に注射して行いました。検査後は造影剤の排泄を促すために、できるだけ多く水分（お水やお茶など）をお取り下さい。

この造影剤はきわめてまれに、検査数時間から数日たってから、発疹、かゆみ、じん麻疹、頭痛、吐き気、めまいなどの症状が出ることがあります。これらの症状は、ほとんどの場合、軽度で自然に消失します。――

私は日頃からアレルギー体質ではないので本日のところはCT検査は無事終了した。

食欲はあるし、しんどくないし、おなかも痛くないし、便もよく出ているし、どこがどう大腸ガンと関係があるのか全くわからない。

手術は拒みたい

八月十五日　金曜日　晴のちくもり

今、二時三十分。先程、体温を測る。左右ともに三十六・四度。体の中の炎症がおさまってきたのか、体温がじょじょに下がってきた。ありがたし。頼んでいた本、『がん放置療法のすすめ』が届く。読みやすい本である。一気に読了。なるほどと思う。同じ著者の『医者に殺されない47の心得』も読んだ。百パーセント同調はしないが抗ガン剤についての考えには深くうなずける。十九日を待たないといけないが、それでも私は自分が大腸ガンに罹患したとはどうしても思えない。六月二十七日、二十八日、大きな健康便が出ていたので信じられない。私の感じでは大腸カタル（急性大腸炎）で大腸の中に炎症が起ったとしか思えない。おかげで七月の初め九度台、八度台と出ていた熱も下がり、体もあの頃と比べると格段に楽である。

食事にも気をつけているせいか、体の中の悪い物がどんどん出ていっているのを感じる。第一、私には大腸ガン特有の下血がない。

何をもって手術というのか皆目わからない。
祝雄も光も私の現状を見て、誤診ではないかというが、そうあって欲しいと願う。
よしんば十九日、大腸ガンといわれても、動揺せず、手術を拒み、今の生活を細々と続けていけたらいいなと思っている。食事療法とイメージ療法のふたつで何とか乗り切りたい。樹状免疫細胞療法の件はその次、考えたい。

体温、右、三十六・四度
　　左、三十五・九度
体重　四十一・七キログラム
食事のメニュー
朝、かぼちゃの煮物、大根おろしとおじゃこにレモン、ヨーグルト、西瓜
昼、かぼちゃの煮物、大根おろしとおじゃこにレモン、西瓜
夜、かぼちゃの煮物、大根おろしとおじゃこにレモン、貝柱のオリーブ油焼きにレモンかけ、ブロッコリー、西瓜、ヨーグルト
西瓜がおいしくてたまらない。

八月十六日　土曜日　くもり
昨夜よりよく便が出て気持ち良い。今朝も早朝からオナラが出て、トイレへ行く度にかなり

の量の便が出ている。多分、昨日より雑穀入りの御飯を食べてるのがよかったのだろう。

今朝もまた雑穀入りの御飯をあたためて、茶わん七分目くらい食べた。

白米に十五種の雑穀を混ぜている（発芽玄米、黒米、もち米、そば米、黒豆、小豆、もちあわ、もちきび、大麦、はと麦、黒ごま、白ごま、アマランサス、とうもろこし、ホワイトソルガム）。『香ばし十五穀』はスーパーの米売り場に置いてある。

八月七日にO病院の先生にずいぶんおどされたが、腸閉塞にもならず、すこぶる体調は良い。絶対におなかにメスが入ることは避けたいと思っている。

今、午後三時、先程トイレで形のある親指より少し大きい便、長さ十センチ以上のが出た。本日、六〜七回トイレへ行き、びっくりするくらい出た。

今、午後七時五十分。またまた大量の便が出た。三時よりもっと沢山の。これで体の中の悪い物がほとんど出たのではないかと思われるほど。ここ数ヶ月、自分の体に異変が起っていると感じているが、今は、その異変がすっかりとりのぞかれたような気がする。

こんな大量の便が出るところを見ると、とても大腸ガンで腸閉塞になるなど考えられない。あの時（七月二十二日の血液検査、八月一日の内視鏡検査）には確かに体の中で炎症が起きていて、ああいう高い腫瘍マーカーの値が出たと思うが、今、測れば全く違った数字が出てくると思う。

十九日、結果をききにO病院へ行くが、その前に出来るだけ沢山の本を読み、知識として、知らなければいけないことは知っておくべきだと思っている。ここ十日ほどでガンの本や食事療法の本が二十余冊ふえている。とにかくよく読みこんで、賢い患者にならなければと思っている。

八月十七日　日曜日　くもり

夜中、二時半頃、大きいオナラが出る。また朝六時半頃にも大きなオナラ。

先程（九時過ぎ）、朝食のあと、トイレへ行くと昨日と同じく大量の便が出る。祝雄を呼んで見てもらう。従って腸閉塞ではない。

夕方の六時二十分頃にも、形のある便で親指より大きいのが十二、三センチの長さで出た。また、階下にいた祝雄を呼びに行き、見せた。祝雄も「これやったら大丈夫やで」といってくれた。

『足の裏健康法』の本を光に頼んでもらう。

八月十八日もおおよそ、八月十七日と同じような内容の日記である。

七月二十二日分より、大腸ガンに関係のあるような文章を抜粋してみた。

ほとんど、トイレ、オナラ、大便の文字が並んでいて、読者の方は食傷気味であろうが、当人にすれば、寝ても覚めてもこのことばかり考えていたので許していただきたい。

ここまで読まれた読者の方は、よほど手術がイヤなんだな、そんなにイヤなら、何とか手術しないで元気になってもらいたいと思ってくださっただろうか、それとも、最初の病院の先生、次の病院の先生も口を揃えて、このまま放っておいたら腸閉塞になると警告してくれているのだから、素直に従った方がいいのではないかと思うだろうか。

放っておいたら余命一年

いよいよ、運命の十九日はやって来た。

夫祝雄につきそわれ、午後四時にO病院のM先生の前に座った。

先生は八月七日より厳しい表情をして出迎えてくれた。

開口一番、「やっぱり悪性のガンでした」とのこと。がっくり。八月七日の血液検査の結果、CEAの値がさらに上がり、五十二・三という異常な高い値であった。

CTの画像が映し出され、その画像を見て、私はうなだれてしまった。

大腸の上部に大便が、それも細かい石ころのような大便が無数にたまっているのがわかる。その重みで大腸がたわんでいる。よく、これまで持ちこたえていたものだと思って眺める。先生は「とにかくすぐに手術をしないと命が危ない。このまま放っておいたら、余命一年」とはっきりとした口調でいった。

夫の顔を見ると、動揺が走っていた。

私も頭の中で「一年、一年、一年」と繰り返していた。一年で何が出来るだろうか。いや一年では何も出来ない。

何かいわないといけないのに言葉が出ない。

結局、あれよあれよという間に、二十一日入院、二十七日手術と決められてしまった。

強引極まりない決め方であった。

こちらの意志確認など全く無視である。

やっと「先生、待ってください。あんまり急で、頭の整理も出来てません。二十一日といえばあさってです。わたしも約束した仕事がありますし……」というと、先生は「とにかく命が危ない、すぐ手術しないと。その代わり手術前日までは毎日数時間家へ帰ってもいいから、とにかく二十一日には入院しといて。ベッドを空けてもらうから」というとその場で病棟に電話し、ベッドも用意してもらうことになった。

（後日、入院したあと、他の入院患者にきくと、O病院では入院待ち一ヶ月というのはザラで、すぐに入院、手術というのはまれで、自分も一ヶ月半も待たされたとのこと。）

ところが先日受けた心臓の検査の結果があまり良くないので、明日二十日午前中にもう一度、心臓の再検査をするようにいわれる。

その結果しだいでは手術が出来ないかもしれないといわれ、私も夫もびっくりする。

明朝九時きっかりに心臓内科へ行くようにいわれる。明日また検査。緊張する。

家へ帰り、息子光に報告すると、光は「おかあさん、絶対手術せぇーへんていってたのに、気持ちが変わったんか?」と解せない様子。「それがやね、大腸の上の方に細かい便がいっぱい詰ってて、その重みで大腸が下にたわんで来てるんやねん。その画像を見て、わたし、観念したんやわ。それにこのまま放っといたら余命一年ていわれたんやもん。誰かて手術しとうないわ。でも今回は仕方ないんやもん。ね」と夫の方を見ていった。

夫も「あの大腸の画像見せられたら、手術はいややといわれへんかったんや」と助け船を出してくれた。

その夜、私は幼なじみの医師に電話をかけて相談した。

私の何十年来の主治医のような存在である。

私、夫、息子、何かあると何でも相談し、いつも適切なアドバイスと薬をいただいて来た。彼がいたから、三人共、これまで健康でいられたと感謝している。

今回はセカンド・オピニオンとして相談した。

大腸ガンといわれたというと、一瞬、驚き言葉がなかったが、私が詳しく説明すると「手術して切ってもらった方がいいよ。多分、腹腔鏡手術と思うし、それやったら傷も大きくないし、出血も少ないし……。大丈夫や。切ってもらってさっぱりした方がいいよ。大腸ガンは初期なら、切ったら大丈夫。元気になるから。決心して切ってもらい」とおおよそこのようなことをいわれた。

それで私は悩みが吹っ切れた。

「そしたら、そうするわ」と私はいった。

「でも、手術のあと、抗ガン剤や放射線治療はやめときや。それだけはいうとくわ。生活の質が落ちるから」

「うん、わかったわ。ありがとう」といって電話を切った。

現在ではセカンド・オピニオンという言葉は広く知られているが、私は初めてこの言葉を知ったのは一九八八年千葉敦子さんの本『昨日と違う今日を生きる』（二七頁）である。

日本ではあまり使われていない頃、アメリカではセカンド・オピニオンを求めるのは当然のこととされていた。

今でも日本では、A病院でガンと診断されたけれども納得出来ずにB病院でもう一度診てもらおうと思ってA病院の先生にその旨伝えると、急に不機嫌になったり、怒り出したりすることがあり、それを恐れて、患者側がセカンド・オピニオンを求めることを自制している場合が多いときく。

しかし、自分のたったひとつの体である。

あとで後悔がないように、納得出来るまでセカンド・オピニオンに相談する方が望ましいと私は考えている。

私の幼なじみの医師がいった生活の質の話であるが、現在、このＱＯＬ（クオリティ・オブ・ライフ）が重要視されてきたことは喜ばしいことである。

延命治療のために抗ガン剤や放射線を使用しているが、そのために、体力が落ちたり、食欲が落ちたりして、今までの生活が出来なくなることが問題視されている。

私がこのＱＯＬという言葉を初めて耳にしたのは、一九九七年一月〜三月、ＮＨＫ人間大学『死を看取る医学』という番組の中でのことである。

当時大学教授でもあり、淀川キリスト教病院名誉ホスピス長であった柏木哲夫氏によってである。

柏木氏はＱＯＬのクオリティを中身と訳しておられたが、なるほどと同調したことを覚えている。

体だけの延命ではなく、心も含めて命の質を医療関係者も患者や患者のまわりの人ももっとつきつめて考える時代に来ているのではないかと私は思っている。

何が患者にとって幸福かを。

手術が出来る幸せ

さて、二十日の午前中、祝雄につきそわれてＯ病院一階の心臓内科へ行く。

ここは十余年前、姑につきそって何度も通った場所である。

たたずまいがあの頃と全く変わっていないので、なつかしいものを感じる。

待ち合い所を見て、人、人、人であふれかえっている。心臓病の人がこれだけ多くいるのかと驚く。

二階での心臓の超音波の検査は三十分余りかかり、長く感じられた。

心電図の検査、三段の階段を上がったり、下りたり、あるいは手足に電気のようなものをつけて測定したり……。

様々な検査を終えて一階へ戻ったが、まだ人、人、人の波は消えず、診察の順番は待てどくらせど来ない。

十余年前、姑が「まだかいな。しんどいな」とつぶやいていたことを思い出した。

私は当人だから仕方ないとして、夫をこのように長い時間、拘束していることは心苦しかった。夫はここ数年、外国や日本での展覧会や個展が重なり、とても忙しい身なのである。

十二時半過ぎにやっと呼ばれる。

Y先生という熟年世代のやさしそうな先生。データを見て「足の方に少し動脈硬化の傾向が気になるけど、まあ、負けといたるわ」と気さくな大阪弁で手術の許可をくださる。ありがたいことであった。

評論家の吉武輝子さんも大腸ガンで手術をされていて、『病みながら老いる時代を生きる』

という手記を書かれている。

その中に「手術ができる幸せ」という言葉が出て来るが、今回、私が手術するのにあたり、まず、心臓をクリア出来たことは幸せと思わせられた。

手術が出来るということは、まず早期発見であること、手術出来る場所にガンが出来ていることは幸いというほかはない。

光が心臓のことを大変心配していたので、私が先に家に帰ることにした。

祝雄は支払いがあるため病院へ残ってくれた。

てんぷらうどんを作っていたら祝雄も帰って来た。

明日入院なので下着やパジャマなど用意しなければならない。

やはりパジャマと下着はデパートでいい物を買いたいので祝雄について来てもらい近鉄百貨店へ行く。四階にてミントンのパジャマ二着、下着など買う。

常日頃、私は息子にいっていた。

「おかあさん、ふだんはぜい沢せんけど、もし、病気して入院することがあったら、外国製の上等のパジャマ買って着るねん」と。

二階にても履きやすいぺったんこの靴を買う。今、履いている靴はとても皮がやわらかくて履きやすいので病院用にしようと思う。

地下に寄り、サラダを三種買う。イカのマリネ、サーモンのマリネ、ポテトサラダ。

夜、幼なじみの医師に心臓の検査が無事終わり、いよいよ明日入院することを報告する。

さて、読者の皆さまはお気づきであろうか。

幼なじみの医師には報告したが、あと友人知人、身内（兄や姉や従姉などの親類）が登場しないことを……。

そうなのである。私は今回の入院にあたって、幼なじみの医師と大阪在住の実弟この二人にしか打ち明けなかった。二人共口はかたい。

従って隣近所の人も誰も知らない。

知られたくなかったのである。

まず見舞いに来られるのがイヤであった。

こちらは全くの化粧っ気なしの素顔である。ちらほら白髪も混じった何の手入れもしていない髪である。恐らくシャンプーも出来ないであろう。シャワーさえ無理であろう。

パジャマ姿で点滴の支柱台と共に朝、昼、晩、二十四時間、行動を共にしなければならない身となるのである。

そういう姿を人目にさらしたくはない。

弟の妻がどうしても見舞いに来たいといった時、私はいった。

「来てくれるなとお願いしてるんやから、その通りにして。来ない親切っていうものもあるんよ。小さな親切、大きな迷惑っていうこともあるんやから」と。

しかし、弟の妻は「お姉さんにはお世話になってるから、そういうわけにはいかないんやわ。やはり顔見て、お見舞いせんと気がすまんのや」といってきかないので、再度、弟に代わってもらい、私の気持ちを伝えた。

「うん、わかった。美沙子姉ちゃんのいう通りにする」と約束してくれた。

お見舞いの反面教師

夫と息子、幼なじみの医師、弟、この四人にしかいわなかったのは、自分自身が見舞いに来られるのがイヤということもあるが、私が入院したことで夫や息子にこれ以上迷惑をかけたくなかったことも大きい。

夫は現代美術家。自宅のアトリエで日夜、作品の製作をしている。息子は「帝塚山子ども将棋塾」を自宅二階でしている。二人共家で仕事をしていて忙しい身なのである。

もし、私の入院が誰かに知られたら、次々に伝わって、電話、あるいは直接たずねて来られるかもしれない。

時間も労力もとられかねない。

過去の私はこのような経験をイヤというほどした。

十六年ほど前、同居していた姑が入院した時のわずらわしさを思い出したのである。

舅が毎日、あちこちへ姑が入院したことを知らせる電話をし、電話が通じないと手紙や葉書を出したのであった。

知らされた方は無視も出来ず、やがて見舞いに次々にやって来た。

その度に私がかり出された。

まず我家へやって来てから病院へ行く人が多く、その度に、私は病院の病室まで案内しなければならなかった。

原稿の締め切り日といえども容赦はなかった。遠方まで講演や取材に行かなければならない前日など、泣きたくなるくらい。

もっとスマートに病院に直接行って、見舞いだけしてそっと帰ってくれたらいいのにと何度思ったことか。

見舞金や見舞品も辞退するように舅には夫と共にこんこんとお願いしたのに、実際は辞退していなくて、それにもほとほと困った。

夕方、夕飯の支度をしていると病院から電話。何事かと電話に出ると、「生物《なまもの》が届いています。今から受け取りに来てください」。

「そちらでいただいてください」とお願いするも「うちではアイスクリーム一ケでもいただかない規則になっております。持ち帰ってください」と後に引かない。

仕方なくガスの火を消し、病院へ急ぐ。

歩いて片道十五分から二十分の距離とはいえ、夕飯前の往復の時間は惜しい。

その度に「小さな親切、大きな迷惑ってこのことや」と腹立たしくつぶやきながら歩いたことを思い出す。

一番腹立たしかったのは姑の言葉である。

遠方からの見舞い客だと、その見舞い客のいる目の前で「あんた、この人ら遠方から来てるさかいに、それ相当のことをして帰ってもらわんとあかんえー。交通費、手みやげ、きばって持たしてや」というのである。

その度に交通費、手みやげを渡した。

嫁の私のことを「この娘《こ》はわたしの宝や」といっていたが、宝といわれなくてもいい、こんな気苦労をさせないで欲しいと思ったものだった。

そうそうこんなこともあった。

軽い認知症のおばあさんが見舞いにやって来た。

「若奥さん、病院へ連れて行って」といわれ我家から病院へ案内したものの、「わたし、どないして帰ったらよろしいの。若奥さん、家まで送って欲しい」と頼まれた。

しかし、その人の家は京阪沿線である。

とても送って行ける距離ではない。

「家までの道順、書いたもの持ってませんか?」ときくと、住所、氏名、電話番号、最寄りの駅など、その人を送り届けられる詳細なメモを持っていた。

同居している息子の嫁が書いて持たせたらしい。病院の公衆電話から家へ電話し、「近くの地下鉄の駅まで見送ります。あとは淀屋橋から京阪電車に乗るようにいいますので、最寄りの駅まで迎えに出てください、家に着いたらこちらあて電話してください」とお願いした。

夜、無事についた旨、電話があり、ホッとした。認知症といってもムラがあり、その日、家を出るまではしっかりしていたから大丈夫と息子の嫁は判断したらしい。

その他のおばあさんも我家へまずやって来てから、病院まで案内するのは嫁の役目だと思いこんでいて、本当に困った。

帰りも駅まで送らなければならず、ほとほと疲れるのだった。

専業主婦ではない、忙しい身の私にこれ以上の迷惑はかけないで欲しいと思うのだった。

しかし、何度、舅に頼んでもきき入れてくれず、自分の住所録を調べては昔、つきあいのあった人にまで電話をかけまわすのだった。

知らされた人は無視も出来ずに義理で見舞いにやって来る。

そしたらまた私の出番。

同居の長男の嫁の悲哀を数多く味あわされた。

ほとんど毎日、夜の食事の介助に行っていたのに、それにプラスアルファ。

一日三十時間は欲しいと何度思ったことか。

私に限らず同居の嫁の大変さは、別居の嫁には恐らくわからないであろう。

このころのストレスを思い出すと、よく病気にならずにすんだものだと思う。

こういう思いを夫や息子には絶対させたくなかったのである。

夫や息子も「後で知って、何で知らせてくれなかったんやと恨まれてもいい、知らせん方がいい」と納得してくれた。

それに相手の立ち場を考えてみても、見舞いとなると、時間も労力もお金も使わせることになる。

それはさせたくないという思いも私自身強かった。


私自身も過去に病気見舞いで小さな親切大きな迷惑をしたことを告白したい。

今から二十余年前、親しかった女友だちが乳ガンのため入院した。

我家から約一時間半ほどかかる遠方の病院であった。

最初は女友だちから、「美沙子さん、寂しいからしゃべりに来て」と電話があり、私は時間をやりくりして足しげく見舞いに伺った。

そのうち、私一人よりと思い、共通の友人も誘って伺った。

やがて、女友だちは抗ガン剤の副作用か、細面だった顔がまん丸くふくらみ、髪も抜け、帽子をかぶるようになってきた。

その時、私が気がつけばよかったのだ。

「もう、お見舞いはよそうと……」

しかし、考えの浅い私は女友だちが喜んでくれていると思いこんでいた。

ある日、見舞いのあと廊下に出ると、女友だちのお姉さんから呼び止められた。

「悪いけど、もうお見舞いに来ないで欲しい。美沙子さんたちが帰ったあと、妹が荒れて、そこら中のものを投げて当たり散らすので」というようなことをいわれた。

よく考えてみれば、元気溌剌の私たちの姿を見て、ベッドの上の自分と比較して、その落差に耐えられなかったのであろう。

今、思えば、とても残酷なことをしていたのである。

私も化粧っ気なしのパジャマ姿のやつれた姿をさらしたくはなかった。

次も見舞いの反面教師の話が続いて申し訳ないが、私の友人の夫がガン（何のガンだったか失念している）で入院し、余命も宣告された。その時に、友人は「うちの主人、自分のやつれた姿、家族以外、誰にも見られたくないっていうてるんやわ。せやからお見舞いは遠慮してね」といわれたので、即、了承した。若い頃、時代劇のスターにそっくりとまでいわれたハンサムな男性だったので、私はすぐに納得したのである。

ところが納得しなかった人がいる。

Bさんである。Bさんは「そんな、入院してるってわかってるのに、見舞いに行けへんなんて、そんな不義理なこと、わたしには出けへんわ」と、私が何度説得しても聞く耳を持たない。「行かないことの方が親切、思いやり」と言葉を尽していっても駄目である。

ついにBさんは一人で病室をたずねたのである。ちょうど、その時、友人はいなかったのでドアのところで制止することが出来なかった。

後で夫が「あれほど来てくれるなといっていたのに、お前は何をしてたんや」と激怒したときいた。

Bさんは今回の私の入院を知ったら必ずや夫や息子が止めても病室へずかずかとやって来るであろうことは想像出来来た。

舅が亡くなった時も、香奠は絶対受けとらない、供花、供物も受けとらないとみんなに知らせていたのにもかかわらず、忙しい時にやって来て、玄関先で無理矢理、菓子箱を置くと逃げるように去った。

先客があって応対していたので追いかけるわけにもいかず、結局、数日してお返しをBさんの家まで持って行かなければならなかった。姑の時も然り。

こういうふうに相手の立ち場や気持ちを考えず、自分の気持ちだけで行動する人は苦手である。

と、長々と入院を極秘にしたことの理由を書いたが、読者にはわかっていただけたであろうか。

入院前夜

さて八月二十日まで書き進んでいた。

いよいよ、翌朝、入院なので、夜三人で話し合いをした。

一番の気がかりが六匹の内猫と、二匹の外猫の世話である。

昨年の春までは、内猫八匹、外猫五匹の大世帯の世話をしていたが、私が元気であったので難なく世話が出来ていた。

「ぼくが責任もって猫の世話はするから心配せんといてや」と日頃からよく猫の世話をしてくれている息子がいった。

「ぼくも今まで通り、手伝うから」と夫もいい、安心した。

六匹の内猫（セサミ、プリン、タマ、小ボス、シロ、小モモ）の好きなキャットフードを一匹ずつメモした。外猫のタビとシマ吉の好きな食べ物もメモしてもらった。

明日入院であるが、明日二十一日から手術の前々日までは数時間の帰宅が許されているので、その間に猫たちが困らないようにキャットフードを買いためておこうと思った。

病院の前に大きなスーパーがあり、そこにキャットフードの売り場があるので便利だ。

今回、幸いしたのは、病院が自宅から歩いて五分という近さ。

今井家の先祖に、よくもこの場所に家を建ててくれていたものだと心から感謝した。

それまでO病院は、見舞いに行くところで通院や入院をする所ではなかったので、ありがたみを感じることはなかった。

明日の入院に際し、用意したものを列記したい。

本は厳選して五冊とした。

『奇跡の泉ルルドへ』

『幸せはガンがくれた』

『大学教授がガンになってわかったこと』

『病みながら老いる時代を生きる』

『聖ヨゼフに祈る』

日記風に綴っている『覚え書きノート』と万年筆にスペアインク。

備品は祝雄が昨年ベルギーにて展覧会した時に近所の教会の売店で買って帰ったおみやげのルルドのマリア像。このマリア像は開閉の出来る小さな祠に入っているのでめだたなくていい。

昨年の七月に亡くなった愛猫のキヨ(享年十八歳)が愛用していた、薄紫色に白の水玉の小毛布。

これを折りたたんで丸く巻くと、ちょうどキヨの体のようで、私は毎夜、この毛布を抱いて寝ている。

五島の父母の墓の写真。置き時計。

パジャマ三着（春秋用のひじの隠れるパジャマ二着、冬用であるが薄手のパジャマ）。病院は夏とはいえ室温が低いときいていたので真夏用の半袖のパジャマは持参しなかった。それは正解であった。

ショーツ五枚。ソックス五足、三分パンツ三枚、上の下着三枚。タオル薄手五枚。ハンカチ大判五枚。化粧品（ふきとり用化粧水と美容液、リップクリーム、ヘアブラシ、手鏡）。洗面用具（洗面器、歯みがき粉、はぶらし、石けん、シャンプー、リンス、手つきのプラスチックの容器〈歯みがき用〉）。箸と箸箱、スプーン、フォーク、湯のみ代わりのマグカップ、お茶を入れる急須。ティッシュペーパーの箱。

これらをまとめると紙袋三枚におさまった。

手術に必要な和式の寝まきなどは明日、病院の地下にある売店にて買うことにした。

何といっても家が近いし、二十一日から二十五日までは毎日、家へ帰れるので忘れ物があってもすぐに用意出来るので気持ち的には安心であった。

その夜、私は六匹の家猫を代わる代わる抱いて「おかあさんの留守の間、賢うしといてや」と頭を撫でた。

ガンを宣告された時も、入院、手術が決った時も涙一滴出なかったのに、猫としばし別れるのが辛く、涙がにじみ出て来た。

その時、父母の言葉を思い出した。

昭和三十七年の秋、私が高校一年生の時、福江大火（長崎県五島市）に遭い我家は類焼で全焼した。

一夜のうちに何もかも失ったのである。

しかし、父母はいった。

「大難を小難にしてもろうた。神さまに感謝せんば。あげんな大火事じゃったとに、焼死した人間は一人もおらん。うちん家族もけがひとつせんと無事。物はいつかはのうなる。命あっての物種。命さえあったらそれでよかとよ。物はまた揃えられるけんね」

「そうや、大難を小難にしてもらったと思って神さまに感謝しよう。早くに発見されたおかげで手術が出来る。しかも夏。わたしは冬にはすこぶる弱いが夏には強い。その夏の入院、手術でよかった」

と思えたのである。

私は「美沙子さんの前世は猫やったんやないの」と女友だちかにからかわれるくらい猫好きである。

もし、入院手術が冬だったら、私は外猫のことが気がかりで後髪を引かれる思いであったろう。冬には、私は外猫用のダンボールハウスの底にひざかけなどの毛のものを敷き、その中に二十四時間発熱するホカロンを一匹につき二個ずつ入れるのが日課である。

雨の当たらない場所に置き、冬中、暖かく過ごせるようにしているのである。

時間は夕方の五時頃。暗くならない時刻。

だから、どこかへ出かけていても五時くらいには必ず帰宅し、ホカロンを入れかえるのである。

ホカロンの入れかえは外猫に慣れた人間しか無理なので、私の入院が夏でよかったと思ったのである。

私の父母はどんな事に遭っても、必ずそこに一条の光りをみつけるのが得意だった。

どこかに神さまに感謝することを見つけて自分たちを励ますのであった。

「そうや、わたしはあの楽天家の両親に育てられたんや。こんな時にこそ、父母の後姿を見習わなければ」と自分を励ました。

神さまはやはり私を見守ってくださっていたのだ。

手遅れにならないうちに、大腸ガンが発見出来たし季節も私の好きな夏。

しかも、六匹の家猫、二匹の外猫の体調も上々。昨年は五月と七月に十八年一緒に暮らした家猫を病気で見送り、失意の状態にあった。

やっとその悲しみもいえたので、神さまは今を選んで私に試練を与えたのだろう。

しばらく猫たちと別れるのは寂しいが、夫と息子が協力して猫の面倒はみてくれるだろう。

季節がいいので、食べ物と新鮮な水を充分やったら、それなりに私の留守中、元気で過ごすだろうと思うと心が和んだ。

第2章　病院にて

入院初日

入院日のことは私の日記から書き写す。

八月二十一日　木曜日　晴

昨夜から朝まで考え事をしていて眠れなかった。時間をほとんど知っている。自分を励ましつつふとんに入ったはずなのに家を離れる不安、手術が成功するかどうかの不安を消し去ることが出来ないのだった。六時に起き、勉強部屋に急ぎ、ラジオ原稿だけ書き上げ、ＦＡＸにて送る。

八時半、三人で朝食。

いつもは話が弾むのに今朝は三人とも言葉少な。

私は胸がいっぱいでしゃべれない。

九時半頃、愛知県在住の夫の従妹より、ぶどうが七房も届く。

すぐに一階の舅姑、大姑の霊《みたま》さまにお供えする。そのとき、霊さまに私の留守の間のことをお願いする。

舅、姑、大姑（夫の祖母）の写真を見上げると、三人共、ほほえんでうなずいてくれたように私には思えた。

二階の自分の部屋に帰り、私の里の両親の写真にもお祈りとお願いをした。

また自分の勉強部屋にも急ぎ、私が五島時代、教えを受けた今は亡き松下神父さまの写真にも手を合わせた。

先代のパパさま（ローマ法王、ヨハネパウロⅡ世）と現在のパパさま（フランシスコ法皇）にも手を合わせる。

入院、手術となった以上は、祈るほかはない。祈りは必ずきき入れられるであろうと私は信じているのである。

従妹にはすぐに御礼状を書き、こうはらさん（昆布、つくだ煮の専門店）の出し昆布と知覧のお茶二袋を入れて、五百円のＥＸＰＡＣＫにて送る。

ポストに入らないので光に郵便局まで持って行ってもらう。

（従妹も一昨年、肺ガンになり、その折には連絡があり会いたがっていたので私は名古屋までお見舞いに伺った。私の入院が知れると名古屋からお見舞いに来るのはわかっていたので、すぐに御礼状を書き、元気を装うことにしたのである。

従妹は、肺から脳に転移していたガンはガンマーナイフの治療で消え、現在はすこぶる元気で、血液検査も良好とのことである。しかし肺ガンの治療は継続中である。）

入院用の荷物を確かめ、十時十五分頃家を出て、三人でO病院へ。と書いたが、めだたないように先に祝雄が家を出、あとから私と光が歩いて行き、入院受け付けの所で待ち合わせした。おかげさまで知っている人には誰にも会わなかった。

受け付けでしばらく待ち、十時四十分に入院手続き完了。

その時、個室を希望するも、現在の所、個室は空いてないので、しばらく大部屋とのこと。しかし、病室についてはその病棟で決めるので受け付けではそれ以上のことはいえないとのことであった。

個室を希望したのは、大腸ガンの患者はトイレが友だちというくらいトイレにひんぱんに駆けこまなければならないときいていた。

特に手術の前、下剤を飲むと、十分おきくらいにトイレへ走るという。

手術のあとはもっと大変なので、少々高くついても個室がいいと『大学教授がガンになってわかったこと』の著者も力説していた。

夫も息子も個室でも一番いい個室（O病院では一日一万八千円でトイレにシャワー、電話などもついている）に入ったらいいといってくれたのである。

今は空いていなくても手術のあと空いて入れるかもわからないので希望を持つことにする。

エレベーターで消化器外科の十階の病棟へ向かう。

ナースステーションで挨拶すると、五、六人の看護師さんがいっせいにこちらを見た。

どの人も健康的でオリンピックの選手のように感じられた。

昔のようなナイチンゲールスタイルではなく、運動選手のように動きやすいパンツスタイルであった。

看護師のTさんが私のベッドのある一〇六五室へ案内してくれた。

背が高くきりっとした人であったが、物ごしが柔らかく、やさしいもののいい方をしたのでホッとした。

四人部屋で私のベッドは窓際ではなく、廊下に面していた。幸いなことにトイレがすぐ前なので安心した。

隣のベッドのSさんとすぐに心が通じた。

椅子がひとつしかなかったので、夫が座り息子が立って話をしていると、自分用の椅子を持って来てすすめてくれる。

よく気のつくやさしい人が隣でよかった。

Sさんは五十代前半であるが、可愛い顔立ちでもっと若く見える。

Sさんは直腸に悪性のガンが出来ているが、それが手術の出来ない場所なので、抗ガン剤と放射線治療を受けるために入院しているとのこと。もし、手術したら人工肛門をつけなければいけないといわれ、それはイヤなので抗ガン剤と放射線治療を選んだという。

「手術が出来ていいですね」

とSさんがいった時、胸がぐっと詰った。

吉武輝子さんが手記の中で「手術可能のありがたさ」について綴っていたが、実際にSさんと出会い、その生《なま》の言葉をきいて、あらためて手術が出来る幸せ、そのありがたさを噛みしめた。

入院前は踊りのバレエを習っていた。昨年の夏、バレエの発表会に出た時の舞台衣装をつけたSさんの写真をスマホで見せてもらったが女優さんのように美しかった。

目はぱっちりと色白、おちょぼ口。

私はSさんのことを夢見る夢子さんのようだと感じ、心の中で夢子さんと呼ぶことに決めた。

（この稿では今後、Sさんのことを夢子さんと称する）

夢子さんに『大学教授がガンになってわかったこと』を貸す。

私を強制的に入院させたM先生と十二時まえに面談。

私が入院と手術の決心をしたといって大喜び。上機嫌。その無邪気な姿を見ていると、M先生の私なりの呼び方が決った。

足柄山の金太郎にそっくりと思ったのである。気はやさしくて力持ち。（この稿では、今後、金太郎先生と呼ぶことにする）

私の体のことを思って、患者に強引だと嫌われるのもいとわずに入院、手術を強行した金太郎先生は、本当は情のあるいい人なんだと心から思えたのである。

金太郎先生は二十七日の手術のために、今日から準備を始めるので、お茶も水も飲んではいけない、点滴だけ。いずれ下剤は飲んでもらうと厳しいことをいったが、あとで看護師さんにきくと水だけは飲んでもいいといってくれたのでホッとした。

本日は十二時から二時半まで家へ帰ることが出来た。何もかも放ったらかしで入院したので、締め切りの迫った原稿だけを二十五日までに書き上げなければと思い、机の前に座った。短い原稿だったので一時間で書き上げることが出来た。

本日は朝からラジオ原稿と昼、短文を書き上げ、少し気持ちが楽になった。

九月五日締め切りの長い文は、明日より二十五日までに少しずつ書きすすめ、二十五日FAXで送ろうと思っている。

季刊なので、締め切り日をのばしていただくことは可能だと思うが、そうなると入院、手術のことを打ち明けないといけないので、やはり二十五日までに書き上げる予定。病院でも書き、家の机で清書すればいい。

二時半に三人で家を出て、O病院地下の売店にて手術に必要な和式のねまき、腹帯他すべて購入し、ホッとする。

合計八千円ほど。紙オムツなどはレンタルを利用することにする。

病室へ帰り、看護師さんに手術に必要な物を揃えたことを報告する。

看護師さんが確認し、まとめて棚の下に置いてくれる。これで安心。

午後四時頃より点滴が始まる。

祝雄と光は点滴が始まったあと、帰って行った。二人共疲れているだろうと思う。申し訳なし。まあ、あと三週間ほど頑張っていて欲しい。きっと大腸ガンを克服して、元気になって帰るから。

夜七時頃、喉が渇いてしんどいので、夜間担当の看護師さんに水が飲みたいがと訴えると、「階下へ降りて売店で買うか、この階ならエレベーターの横に給水器があるからそこで入れたらい」といわれる。

私は甘えた考えで、看護師さんが水を持ってきてくれるものだと思っていた。

自分が動かないと水一滴飲めないのだとわかり、そこで勇気を出して点滴の支柱台を持って水を汲みに行くことにした。

ところがエレベーターの所へ行ってもみつからない。エレベーターを待っていた女性にきくと、食堂の中の左手にあると教えてくれたので、冷水のボタンを押してペットボトルに入れた。また点滴の支柱台と共に部屋へ帰り、思い切り水を飲む。

その後、支柱台と共にトイレにも行き、あと部屋のすみの洗面台で顔も洗い、歯もみがいた。

わずか数時間の間に点滴の支柱台と共に移動出来るようになった自分を、たいしたものだとほめてやる。

今、ベッドでこの日記をつけている。

静かである。人生の中で一回はこういう暮らしも必要だったのかもしれない。

神さまが私に与えた試練だと思って、これから三週間頑張ろう。

神さまは背負えない苦労は背負わさないと里の母がいつもいっていた。

私が背負える手術なのだろう。

私はいつも思うが、今回も大腸ガンになったのは「わたしでよかった」と。

もし、祝雄や光だったらどんなにか心が痛み、とり乱したことだろう。

さあ、マリアさまにお祈りして横になろう。

キヨちゃんの愛用していた毛布をいつものように巻いて、キヨちゃんと思って抱っこして横になろう。

本日、夕方、金太郎先生とN先生、H先生が部屋をたずねてくださる。

三人共に感じのいい先生。

看護師さん方もやさしいし、ひとまず安心して眠りにつこう。

と、日記に書いてある。医師、看護師の人柄に私がこだわったのには理由がある。

この際、書いてしまうが、息子を出産する四十年ほど前のこと。

Ｏ病院の看護婦さんはいじわるできつい性格の人が多いという噂がたっていた。

多分、産婦人科だと思うが……。

実際、そこで出産した知り合いの若奥さんが我家へやって来た時に、「美沙子さん、経済が許すんだったら別の病院で産んだ方がいいと思う。Ｏ病院の看護婦は不親切やったから」といった。

どう不親切だったかという具体的なことは今ではもう忘れてしまっているが、そのあと、四、五人の人にも同じようなことをきかされた。私は夫をとりあげてくれた産婆さんの息子さんが産婦人科医をしている個人のＫ医院に通っていて、そこで出産の予定であったからＯ病院に通ってなくてよかったと胸をなでおろしたことを覚えている。

Ｋ医院で出会う妊婦さんたちも「Ｏ病院の看護婦さんは恐いんやて。せやからここに来たんやわ」といっていた。

噂が噂を呼んで四十年ほど前にはこういう評判だったのである。

Ｋ医院で出産の折、夫をとりあげてくれた引退していた八十過ぎの産婆さんが特別に息子をとりあげてくれた。

親子二代とりあげてもらったのである。

余談であるが、夫は今、自分の寝ている部屋でその産婆さんにより産声をあげた。

今の時代に、自分の生まれた部屋で寝起きをしている人間など稀有なことだと思い、あえて記した。

私の場合、自分の生まれた家は昭和三十七年の秋の福江大火によって全焼し、影も形もないから、時々、夫を羨ましく思うことがある。

幼少の頃の落書きも押し入れの壁に残っていて、すべての思い出がそっくりそのまま息づいているようで。家はもちろん、思い出の品々もすべて焼失した私にすればやはり羨ましい。

話がそれたが、O病院に入院、手術と決めた時、最初にひらめいたのが、一番身近な存在である看護師さんはどうであろうかと気になった。

その前、O病院を紹介してくれた先生に、「O病院の看護師さんの評判はよくないけど……。実は四十年ほど前に……」というと、「いやあ、それは昔の話で今はゆき届いているときいている。心配せんでもええと思う」と答えてくれたので、同席していた夫と共にホッとした。

入院した当日のT看護師のあたたかい態度、師長さんのゆき届いたやさしい心づかいに接し、四十年ほど前の噂を気にしていたが、杞憂に終って心から喜んだ。

今、思えばたまたま数人の心がけの悪い看護師がいたために、全体がそのように見られたのかもしれないと考えると、当時の善良な看護師さんたちは気の毒であったと同情せずにはいられない。

組織に属する人たちは、一人が全体ということを忘れてはいけないと思う。

医師の人柄

ささて、次は医師の方に話を移そう。

今回、私は竹を割ったようなさっぱりとした金太郎先生に出会い、いいめぐり会いだと喜んでいるが、過去に苦い思い出がある。

それも思い切って書こう。

四十年ほど前のことだから、当時四十代の前半の年齢としても〇病院にはおそらくもう勤務していないだろうから。

息子を出産したあと、体調がすこぶる悪くなり、〇病院の内科へ行った。

「どうされました?」

「睡眠不足のためか疲れやすく、しんどいんです」

と答えるやいなや
「夜遊びがすぎるんじゃないの」

という信じられない言葉が返って来たのである。

確かにその頃の私は二十四、五歳。

髪はボブカットで流行りのミニスカートを着ていた。

「子どもが子どもを産んだんか」

といわれるほど外見は幼く見えた。

しかし、しかしである。詳しい事情もきかずに、頭ごなしに夜遊び云々といわれ、私はカチンと来た。

「先生、今の言葉をとり消してください。わたしは昨年の十一月に子どもを出産し、その子どもが最近夜泣きするので睡眠不足になってるんです。必死で子育てしてるのに、夜遊びなんてあんまりな言葉です」

と抗議した。

先生はきまり悪そうな顔をして、「それは申し訳なかった」とはいったが、本心からではないように思われた。

後日、血液検査の結果が出たが、何の異常もなかったので、その後、二度とO病院へ診察に行くことはなかった。

私の病院嫌いの秘かな理由にはなったはずである。

次、紹介するのは私ではなく、私の友人が入院中の主治医の心ない言葉である。

友人はリウマチのため、O病院をはじめ、入退院を繰り返していた。

寂しがり屋の性格のため、しょっ中、電話がかかって来て「会いに来て」といわれる。

なにしろ我家から歩いて五分の所だから、電話がかかると何をさておいても駆けつける。

里の母に「病人は待つけんね、事情の許す限り行ってあげんばね」といわれていたので友人を優先することにしていた。

ある夕方、ノックして個室に入ると、彼女は泣いていた。

「どうしたの？」

「主治医の先生にひどいことをいわれたんやわ」

「何、いわれたん？」

「……」

「よっぽどのこといわれたんやね」

「わたしの病気のことと、わたしの性格のことをね。あんたの性格を治さん限り、この病気は治れへんていわれたんよ。ひどいわ、あまりにひどいわ」

といって彼女は肩をふるわせて泣いた。

「ほんまに、ひどいわ」

と私は相槌を打った。

「確か、あんた、その先生に心づけをしたんよね？」

「したよ。入院したらいつもしてるわ」

彼女は資産家のお金持ち。私などとは金銭感覚がひとけた以上も異なる。

心づけも相当しているはずである。

心づけはすっと受け取りながら、自分の患者の心をずたずたに傷つけるなど、考えられない。

心づけを受け取るなら、少しくらい容赦があってもいいのではないかというのは凡人の私の浅はかな考えか？

適当な慰めの言葉もみつからず、話題を他に移してお茶を濁し、早々に帰ったことを覚えている。家へ帰って夫に報告すると、夫は「どう解釈したらいいのかなあ。心づけをもらってもそんなことをいうって。心づけと自分の忠告は別問題と考えてるんかな。それはそれ、これはこれと。心づけしてもそんな忠告を受けなならんほどあの人は心がけが悪いんかなあ。何やわからへん。お金に屈することもない先生っているんやな」と首を何度もかしげていた。

病院の医師の心ない言葉に傷つけられたことを生命科学者で作家の柳澤桂子さんが『癒されて生きる』の中で記している。

激しいめまい、腹痛、吐き気の発作にくり返し襲われるが、病名も確定しない。何かしらの薬は出されるので服用するが、体重は減る一方で症状は改善されない。その間に受ける精神的な苦痛は、病気の苦痛をはるかに上回ったそうである。痛みを訴えても「この患者は放っておけばよい」との一言で片づけられたことも多く、「お前は精神科へいけばいいんだ」と怒鳴られたこともあったという。

柳澤さんは——心因性という診断はいとも簡単につけられる。からだの病気であるというためには証拠が必要であるが、心の病気には証拠は必要でないように感じられた。医師の感じひとつで病名がつくのである——と書きのこしている。

柳澤さんが三十年以上の病苦の中で到達した結論が「医師はそのひとの人格以上の医療はできないものである」ということと、「社会が成熟しないかぎり、医療はこの誤りから抜け出せないであろう」ということであったとも書いている。

柳澤さんの著書『癒されて生きる』は是非お読みいただきたいとこの稿を借りて皆さんにおすすめしたい。

原因不明の病いをかかえて懸命に生きる柳澤さんの心の旅路があますことなく描かれていて、私は座右の書として手許に置いている。

話は少しそれたが、医師といえども、自分の気持ちとしっくりしない患者に対しては、このように心ない暴言も吐くこともあるのだと、私の友人の例と柳澤さんの著書を読んで肝に銘じた。

友人が病室で泣いていた数年後、同居の舅がO病院で前立腺肥大の手術を受けることになった。

その頃、親しくしていた弁護士の知人にそのことをいうと、「実はぼくの父親も手術したけど、その時、心づけを包んだわ。今井さんとこも包んだ方が何かと便宜をはかってくれていいと思う」とアドバイスしてくれたので手術の事前説明を息子と二人できいたあと、心づけを渡そうとした。

すると、その先生はきっぱりと断った。

「今井さん、ぼくは公務員です。公務員が心づけをいただくわけにはいきません。引っ込めてください。心づけをいただいたからいただかなかったからといって手術には何の関係もありません。ぼくは一生懸命手術をします。どうか安心してください」

高潔な精神の持ち主だったのである。

あとで息子に叱られた。

「ほら、みてみい。格好の悪い。ぼくは最初からやめときっていうてたやろ。O病院は公立やから、お金や物をもらったら不正になるんや」

「せやけど、弁護士さんがすすめてられたんやから」

といいわけをすると
「弁護士やろうと何やろうとあかんもんはあかんのや。あの先生はえらいわ。ぼく、尊敬するわ」といった。

舅の手術は成功に終わった。

私がそのことをリウマチの友人にいうと、

「へぇー」と驚いた。

「わたしの場合、辞退した先生はいてへんわ。さっと受け取って白衣のポケットに入れはるわ。わからんようにハトロン紙の封筒か薬の袋に入れて渡すけど……。手術の後、一緒に手術に協力してくれたスタッフをねぎらわんとあかんから、心づけは必要ってきいてるけど。せやから、わたしはしてるんよ」

と当り前のようにいった。

今回、私は自分の手術に際し、一切、心づけはしないことにした。逆にそれで先生に迷惑がかかることはわかっているから。

以前は個人の医院など、つけ届けが当り前であったが、最近では、待ち合い所に、つけ届けは受け取らないという主旨の張り紙がしてあって気持ちいい。

姑が五年半も入院していたT病院もそれは徹底していて、アイスクリーム一ヶ、プリン一ヶも絶対に受けとらなかった。

舅の手術をしてくれたT先生のことは一服の清涼剤として私の心深く残っている。

その後、どうされているのかと気になり、二十余年ぶりに息子に頼んでインターネットで調べてもらったところ、O病院を退職し、自分の名前をかぶせた医院を他県で開院されていることがわかった。

あの公平無私な態度で患者さん方と接しておられているだろうことが想像され、心がほのぼのとした。

このT先生により私の中でO病院のイメージが飛躍的によくなったことはいうまでもない。

下剤は飲み辛い

八月二十二日　金曜日　晴

トイレと洗面所のすぐ傍なので一晩中、水を流す音が聞こえ眠れなかった。

便利は不便、不便は便利、私はトイレが近い方なので大いに助かりはしたが。

夜中から朝まで三回トイレへ行った。

この状況はいつか経験したことがあるぞと思い出すと、今から三十余年も前に、ある新聞の連載の仕事で親子遍路をしたことがあった。祝雄、私、小学生の光の三人でお四国《しこく》を回ったのである。

その時に宿坊（お寺の宿泊所）に泊ったのであったが、トイレのすぐ傍だったので、昨夜のように一晩中、トイレの音に悩まされ、眠れなかった。その上、宿坊のトイレの履き物は下駄だったので、その音も響いて眠れなかった。

お遍路は老人が多かったので、トイレの利用はひんぱんにあった。

夜中から朝にかけてオナラが六回ほど出た。

腸は活発に動いているらしい。

看護師さんが腸に聴診器をあてて腸の音をきいていたが「よく動いていますよ」ということで嬉しかった。

朝の体温は三十七度と私にしては少し高かったが、自分ではそう感じられない。

朝八時半頃、N先生が病室にいらっしゃったので朝十時から昼二時までの外出の許可をいただく。そろそろ準備して家へ帰ろうと思う。

朝十時から昼一時四十五分まで家。

時間の経つのの早いこと。

帰ってよかった。帰ったとたんに外猫のシマ吉と会えたから。昨日は会えなかったので心配していた。

家への帰り道、みなみさん（無農薬の八百屋さん）で卵二十ケ、みょうが二パック、きゅうり三本買う。

昼、みょうが、ピーマンのてんぷらをしてあげると祝雄も光も大喜びで食べた。

これからしばらく食べる物に不自由するだろうと思うと可哀相である。

出来あいのものや冷凍物では飽きが来るだろうし、栄養もとりにくい。

勉強部屋の机の前に座り一時間余り原稿を書く。こまぎれの時間でも書かなければ。

これまで一度も締め切りを守らなかったということはない私である。

今回も仕事先に知られないようにして乗り切らなければならない。

続きはまた明日書こう。

病院へは一時四十五分に帰る。

二時四十五分頃より点滴が始まる。

それと同時に下剤（ムーベン）を飲むようにいわれ、下剤を飲むが、飲み辛く苦しかった。

吐き気がしてきて、五百CC弱は無理して飲んだが、あとは駄目だった。

夕方五時頃、金太郎先生、N先生、H先生三名いらっしゃる。

「辛くてもうこれ以上飲めません」と訴えると、「無理に飲まなくてもいい、まだ手術まで日にちがあるから、ぼちぼちでいい」といってもらえたのでよかった。

今、夕方の六時十五分。おなかがぐるぐると激しい音をして動いている。そのうち下剤がきいてくれるのではないかと思う。

昨日より絶食、本日も何も食べていないので下剤がききやすいのかもしれない。

とにかく大腸の中の便、すべて出しきらないと手術が出来ないので、便が出てしまうことを祈る。

先程、麻酔科の先生が二十七日手術の際の麻酔について説明に来られた。

術後、のどの痛みや吐き気が数日続くこと。

手術中、口の中に金属を入れるので、まれに（百人に一人）歯が折れたり口の内が傷ついたりする場合もあるとのこと。恐い。

背中から麻酔薬を入れる硬膜外麻酔をするかどうかは自分で決めるようにいわれるが、術後、四、五日痛みがやわらぐというので、それもお願いする。

というのは、『大学教授がガンになってわかったこと』の中で、硬膜外麻酔の注射をすると術後あまり痛みを感じなかったという体験が綴られていたので私もそうしようと思っていた。リスクばかりの説明が多く、不安であったが、「麻酔を受ける方のために」の説明書を読むと、麻酔科医は手術中の安全や快適を守り、手術後の速やかな回復に役立つことをめざしていると書いてあったので少し安心した。

昨夜一晩中寒かったので、昼、家へ帰った時、冬物の厚手のパジャマを持って来て、今着ているが、ちょうどいい。やはり、病室の温度は低いのだと思う。ソックスも冬用のを履いているが暑くない。

二十二日日記に特記したかったのは、下剤を飲むのが辛かったこと、麻酔医の先生の説明を受けたことだと思う。

麻酔科の先生よりいただいた説明書を夜、よく読んだ。読めば読むほど不安になるが、麻酔科医の役割の項を丁寧にゆっくり読むと麻酔科の先生を信頼しなければと思う。

それには次のように書いてあった。

——麻酔科医の役割は、手術中の痛みをとめるだけではなく、あなたを手術のストレスから守ることです。このため、手術中は麻酔科医が片時もあなたから目を離さず、脈拍や血圧、呼吸などを観察します。また水分や栄養の補給をしたり、心臓の働きや血圧を薬で調節したり、場合によっては輸血を行ったりします。全身麻酔の場合には、あなたの息の通り道を確保し、呼吸を調節して充分な酸素が全身にいきわたるようにしています。――

この文章を繰り返し読むと、スーッと緊張がほぐれ、もうこうなった以上は俎板の鯉、先生方を心から信頼して手術台にのぼろうと決心した。

その前に「えっ？　歯が折れるって恐いわ。前歯が欠けたらみっともないわ」と私がいうと、「歯一本と命とどちらが大切ですか？　歯は歯医者さんで治せます。命の方が大切です」と真剣な面持ちでいった。

先生は私が硬膜外麻酔をすることを承諾したので、背中の曲げ具合をみたいといった。背中を丸くしてひざと頭を近づけるような姿勢をとった。

「これで結構です」と先生はいった。

硬膜外麻酔とは、肩や胸、おなか、足などの手術の時には、麻酔の効きをよくして手術の痛みを軽くするために、背中から、脊髄の周りの「硬膜」という膜と背骨との隙間に、一ミリメートルほどの細いチューブを入れて薬を注入することで、しばしば全身麻酔に加えて行う。このチューブ（硬膜外カテーテル）は手術室で局部麻酔をして、普通は十五分くらいで入る。背中の曲げ具合で、入れやすくなったり、とても入れにくくなったりするので、出来るだけ背骨の隙間が開くように背中を丸くするのである。

チューブは背中にテープでとめて手術後もしばらく残し、痛み止めの薬を少しずつ注入して痛みを抑える。細く柔らかいので、上向きに寝ても寝返りを打っても大丈夫である。

紋次郎先生と桃二郎先生

八月二十三日　土曜日　晴

朝六時半には起きる。

昨日飲んだ下剤が効いたのか、朝、七時頃トイレへ行くとコロコロとした小石のような便が沢山出る。

夢子さんに報告すると、夢子さん、自分のことのように喜んでくれる。

N先生九時前に来訪。

この先生の呼び名、一晩考えて、紋次郎先生と呼ぶことにする。

というのはこの人の癖で、腕をくんでスックと立ち、斜め目線でベッドで寝ている患者を見下すのである。

慣れないと不遜な態度に見えるが、実はやさしいあたたかい心の持ち主である。

あの木枯紋次郎「あっしにはかかわりのないことで」といってクールな態度をとりながらも、結局は深く関わるのに似ているのである。

最初はとっつきにくかったが慣れると何でもきいてくれる患者思いの先生であることがわ

かった。三十代と推察する。

三人目の研修医のH先生も時間があると部屋をたずねて来てくれて気軽におしゃべりしてくれる。

夢子さんはH先生に何でもわからないことがあると質問している。

すると即答出来ない時はきちんと調べて翌日にはわかりやすく説明してくれるという。

勉強熱心な二十代の若い先生である。

私はこのH先生に会った時、なぜかこの人に後光がさしているように見えた。

「この人はきっとすぐれたお医者さんになる。今は研修医だけれど、必ずや、他の医師を従える名医になる」

と思ったのである。

それで私はH先生を心の中で桃二郎先生と呼ぶことにした。

いつかは桃太郎になって、キジ、サル、犬を従えるだろうと想像したのである。

それまでは桃二郎として研鑽を積んで欲しいと願う。

金太郎、紋次郎、桃二郎、この三人の医師によって私は守られ、これから手術へと向かうので、この三人の先生方が心身共に健やかであるようにお祈りをすることにしよう。

そして看護師さんたちのためにもお祈りをしよう。

本日は紋次郎先生にお願いし、九時半から十四時三十分まで、五時間も外出許可をいただく。

まとまった仕事が出来て満足。

二時半に帰院し、顔を洗うまもなく（外へ出たので薄化粧をしていた）、三時二十分に看護師さんが点滴液を持って来た。

それと昨日の残りの下剤を持って来た。

また地獄のような苦しみが待っていたと思って顔が曇ってしまったが、看護師のTさん（入院初日、お世話してくれたTさんとは別人）が気をきかせて、下剤を冷蔵庫に入れてくれていた。

猛暑の中外を歩いて帰り、喉も渇いていたせいか、その下剤は昨日より喉に入りやすく、難なく十五分ほどで飲み終えることが出来た。

万歳！　と叫び出したいほど。

Tさんも一緒に喜んでくれた。

三人の先生方も喜んでくれた。

これで下剤を飲むのは終わりと看護師さんがいった。

よかった。

家へ帰っている間にトイレへ行くとびっくりするくらいの量の便が出た。

朝のコロコロの便とはちがって、軟便ではあるが、もう底が見えないくらいの大量の便。

おなかがすっきりする。看護師さんによれば昨日飲めなかったのは、便が詰っていて、入らなかったのではないか、本日は早朝と午前中に大量の便が出たので入ったのだろうということ。

また五百CC飲んだので便が出るかもしれないと期待する。

それにしても二十一、二十二、二十三と絶食中なのにこれだけ便が出るということは、よほど大腸に便が詰っているのだろう。

何とか手術日までに大腸の中に詰っている便を出しきりたいと思う。

私の隣のベッドに寝ていたTさんが我家から帰るといなくなっていて、代わりに昨日乳ガンの手術をしたというHさんが入って来た。Hさんは四十代の前半、乳房を切除せずに、とり除いた部分には背中の筋肉と皮ふを切りとってうめ合わせたという。

私はそう聞かされただけで身ぶるいした。

Hさんは「背中が痛い、痛い」と夕方よりずっとうめいている。ベッドの高さを調節したり、看護師さんにもうひとつ枕を持って来てもらって、体の角度を変えてみたりしているが、痛みはひどいらしく「痛い、痛い」といい続けている。

様子を見に来た看護師さんに「この痛みは日にち薬です。今日が一番辛いんです。明日からだんだん楽になりますからね」と慰められていた。

私はHさんにカーテン越しに話しかけることにした。少しは気がまぎれないかと思って……。

Hさんは六月に自分でしこりを発見し、近くの病院に行って乳ガンと診断された。セカンド・オピニオンとしてO病院を紹介され、ここで手術をしたとのこと。

その話をしている時も何度も何度も「痛い、痛い」といい続けていて可哀相。

夜、九時に消灯。

斜め横のTさん（この人のことはこれから肝っ玉かあさんと呼ぶ）は快いイビキをかいて安らかに眠っている。

Hさんの「痛い、痛い」も何のその。

自分のペースで眠りについている。肝っ玉かあさんのゆえんである。この人のおおらかさには敬服する。七十代と思うが、丸顔であいらしい顔で肌がきれいなので十歳以上は若く見える。

（この時点では肝っ玉かあさんのそれまでの歩いて来た道はわからなかったが、後にきき、なるほど、肝が据わっているはずだと感服した。それは別の項で紹介したい。）

「痛い、痛い」がバックミュージックでは眠られず、私はもんもんとしている。入院日よりほとんど長時間は眠れない。その前も大腸ガンといわれてから眠れていない。体重はとうに四十キロを切っていて、現在は三十七、八キロじゃないかと思う。

しかし、手術が成功したら、またおいしいものが食べられるから、元の体重に戻るだろう。

本日で三日、水だけで何も食べていない。

家へ帰っても祝雄や光の食事は作ってあげるが、自分は水だけしか飲めない。さすが、少食の私も、早く食べられるようになりたいなと思う。

同室になった人たち

八月二十四日　日曜日

朝六時三十五分に、体温と酸素量とおなかの様子を見に看護師さんが来た。

体温、三十六・八度

酸素、九十八（体の酸素の循環の値。九十五から百の間が望ましい）

おなかは良好、腸がよく動いているという。

九時三十分から十四時三十分まで家へ。

帰りスーパーに寄り、買い物をする。

毎日夕方には買い物に行っていたスーパーなのに、入院日よりは何か気持ちが異なる。

うまく言葉に表現出来ないが、同じスーパーなのに、非日常の中で買い物しているような……。現実感がないのである。

いつものように顔見知りの人と笑顔で挨拶するが、笑顔がぎこちないのではないかと気にかかる。

実は自分は入院中の身なのだという重たい気持ちを抱いている。

というのも、左手首にO病院の入院患者であるという証明のため、白のプラスチックのネームプレートをはめられている。

そのネームプレートには、ＩＤ・０３４８２９２４の番号がつけられ、カタカナでイマイミサコ、10西、Ｏ病院と書かれている。

そのネームプレートを見られたら入院していることがわかるので、猛暑というのに長袖のブラウスを着て隠さなければならない。

おかげで誰にも知られていない。

病院への出入りは表玄関ではなく、めだたない裏口を利用しているので尚更、誰にも知られていない。

スーパーで買い物をしたもので、豚の角煮、こんにゃく、大根の煮物をたっぷり作る。これなら冷蔵庫へ入れておけば三回分くらいにはなるだろう。

昼はラーメンを作る。

ブロッコリー、アスパラガス、ほうれん草をゆがいて野菜庫へ入れる。マヨネーズをかけるなり、手製のドレッシングをかけるなりして食べられるだろう。

手製のドレッシングをたっぷり作る。コーヒーの豆をひいて大きなかんに入れる。

ウインナー二パック、ハム、ベーコンも冷蔵庫に入れる。

明日までは帰宅の許可が出ているが、明後日からは無理なので、数日は二人が困らないように食べ物を置いてあげたいと思う。

洗濯物は光が担当し、食料の買い出しは祝雄が行っているようである。

二人助け合って何とか、やっているようである。猫六匹も元気で、シマ吉も私が帰っている間に顔を見せる。元気そうで安心した。

タビはしばらく見ていないが、昨夜も御飯を食べに来たという。

午後二時半に帰院。すぐに点滴始まる。

夜六時頃、祝雄、病室へ様子を見に来て、十五分ほどしゃべって帰る。昼間、帰っているのでわざわざ来なくてもよかったのに。

夜八時頃、自宅へ外泊していた夢子さん帰院。嬉しい。昨夜は寂しかった。

夢子さんと食堂へ行ってしゃべる。

楽しいひとときである。

と日記には書いてある。

その夜、ベッドの斜め前の肝っ玉かあさんが話しかけてきた。以前、我家の近所に住んでいたことがあり、私の友人と親しくしていて、私のことはその人からよく聞いて知っていたという。

「確か本を書かれている人ですよね」

「はい、そうです」

我家の真前の家にもよく出入りしていたというので世間は狭いと驚く。

「近所の人にも誰にもいってないので、わたしが入院していること内緒にしといてね」

「はい、よくわかってます」

現在は別の区に住んでいるという。

息子さんは四年前、過労が原因で腎臓ガン（難病のエリトマトーレス）になり、亡くなったという。

友人と二人でシステムキッチンの取り付け工事業をしていた。

勤め人で決った給料をいただけるわけではないので、仕事の発注があるうちに稼いでおこうと思い、休み返上で働きづめに働いた結果、体をこわしたのであった。

頼りにしていた息子さんだっただけに先立たれた悲しみは今もいえていなくて、この話をする時、何度も声が詰った。

肝っ玉かあさんは十九歳で地方から大阪へ出てきて働き、誰にも負けないくらいの苦労をしたというが、やさしいしゃべり方、おだやかな笑顔からは想像もつかない。

二十代初めに結婚し、娘が生まれたものの、ある日、突然、夫がいなくなってしまった。

方々探したがみつからず、籍を抜くのに三年もかかった。

シングルマザーになったかあさんは娘との生活を支えるべく、朝、昼、晩と休みなく働いた。

朝は六時前に起きてヤクルトの配達、昼は保険のセールス、夜は友人のスナックでの手伝いと寝る時間も惜しんで働いた。

「そこのスナックのお客さんだったのが、次の主人なんです。子どもがいてもいいといってくれて再婚したんです。その言葉通り、下に二人の子どもが生まれても一切、差別せずに、連れ子の娘も同じように可愛がってくれました。長崎県の出身で男らしいおおらかな人でした」

「いやあ、わたしも長崎の五島列島出身ですよ。何か縁を感じるわ、いい人と巡り合えてよかったですね。それをきいてほっとしましたわ」

「でも、その主人も三年前に交通事故が元で亡くなりました」

「えっ？」

「それも、わたしがここへ入院している時に、わたしを見舞おうと自転車で向かっている途中に……。頭蓋骨骨折で十日間、意識不明でした。Tさんていう人が救急車で運ばれて来たけど、ひょっとしたらTさんの御主人ではないかといわれ、会いに行くと主人でした。声も出ないくらいびっくりして体がふるえました。わたしはぽっちゃりしてるので元気そうに見えますが、心臓に人工弁が入ってるんですよ。手術に七時間半もかかりました。自分の心臓をとり出して人工心臓につないで動かしといて、とり出した心臓を手術し、元通りにおさめる手術です。人工弁は二十年しかもたないというけど、手術したのが六十二歳の時やから、もう一生もつんじゃないかなと思ってます。もう二度と人工弁のとりかえはしなくてもいいかなと。わたしは満身創痍。そんなに長生き出来るとは思ってませんから。心臓にはペースメーカーも入ってます。腰も二年前、狭窄症で神経に骨があたるので手術しているし、長くは歩けないんです」

「今回はどうなさって、入院されてるんですか？」

「大腸にポリープが出来ていて、内視鏡で切っていただいたんです。ガンにはなってませんで幸いでした。その他、卵巣膿腫にもなりましたしね。よく今もまだ体がもったと思ってます。倒れて救急車で運ばれたこともありましたし……」

再婚した夫は大手の建設会社の現場監督をしていて、部下をとても大切にする太っ腹の人であった。

沢山の人を引き連れて帰って来るので、肝っ玉かあさんはその接待に追われたが楽しい思い出だという。

「食い道楽の主人でしたので、本当に口ぜい沢な生活をさせてもらいました。幸せな結婚生活でしたよ。上の子、すぐにお父ちゃん、お父ちゃんていってなつきましたしね。女性にもてる人でしたが、結婚後はそれは真面目で一度も女性問題を起こさなかったですよ」

「よかったですね。終わりよければすべてよしですよ。いい話を聞かせていただいてありがとうございます」

肝っ玉かあさんの所には下の娘さんが男の子のお孫さん（三歳と一歳半）を連れて、よく見舞いに来ていたが、お孫さんが「ばあば、ばあば」と呼んでとてもなついていた。

二人のお孫さんの話をする時、ますます表情がやわらかくなり、肝っ玉かあさんにとってお孫さんの成長が楽しみで生きていく張り合いになっているのだなと感じた。

最初、一〇六五室に入り、皆さんに挨拶に行った時、Tさんのことを一目見て、「この人は酸いも甘いも噛みわけた人、少しのことでは動じない人」と私は感じて、肝っ玉かあさんと心の中で呼ぶことにしたが、私の目にまちがいはなかったと嬉しく思ったことだった。

同室になるということに運命共同体のようなものを感じるのは私だけではなかろう。

地球上七十二億四千四百万人かのうち、日本の人口が一億二千七百万人、その中の四人が同じ部屋になるというのはやはり縁以外の何物でもない。

そう感じるのは私の親ゆずりである。

私の両親は我家をたずねて来た人は全員、縁があったからといって、上へ上げて、飲ませ、食べさせ、泊らすのが常であった。

今、刑務所から出て来たばかりの人で赤の他人であっても、「うちの玄関に立った以上は縁があったとじゃけん」といって世話をした。一緒のちゃぶ台で同じ時間に御飯を食べるということは縁があった証拠といってもてなすのであった。

夢子さん、肝っ玉かあさん、乳ガンの手術をしたHさんに対し、身内のような情を感じる私であった。

Hさんは、夫と離婚し、高校生の息子二人を育てる、働き者の逞しい女性であった。これからHさんを「がんばり屋さん」と呼ぶ。

朗らかでよく笑い、話好き。

ひょっとして九州の女性ではないかと思いきくと大分出身だとわかり、ますます親しみを感じるのだった。

最初、トイレのことが気にかかり、個室を希望していたが、こうして同室の人と心が通じると、大部屋だから、こんな貴重な体験談をきくことが出来たのだと感謝をこめて思うのだった。

夢子さんのことも書こう。

ひまわりの花のような笑顔の夢子さん。

とても賢い人なのに、その賢さを出さないようにしている控えめな夢子さん。

家族の中で自分だけが直腸ガンになり、それだけが悩みかなと思っていたが、実は八年前に最愛の弟さんをガンで亡くしていた。

「自分の弟をほめるようで恥ずかしいんですが、弟はどこをとっても批判するところのない人間でした。やさしくて思いやりがあって。当時、学校の先生をしていました。自分で体調が悪いのがわかっていながら、教え子たちの卒業式が終わってからとのばしのばしにしていて結局、手遅れだったんです。膀胱ガンでした。四十二歳の若さでした。上の子が小学六年生。あと下に二人。三人も遺して亡くなりました。その時、お嫁さんは三十代の初めでしたので、実家へ帰って、あと再婚を考えてもいいかなとうちの両親もわたしも考えていたんですが、お嫁さんは葬式が終ったあと、『わたしがここに居座ってもいいですか?』といい、以前通り、わたしの両親と同居してくれています。父は見送りましたが母の面倒をみてくれています。今どき珍しいやさしいお嫁さんです」

最近では夫が亡くなると実家に帰って来て、実家で子どもと共に暮らしているお嫁さんがいるときくが、それが大方の身のふり方だそうである。夢子さんの義妹の方が珍しい例なのだそうである。

先日、夢子さんは当時小学六年生であった姪としゃべる機会があった。

姪は助産師の資格をとるべく勉強中。

「わたしはお父さんが生きていた時より今の方がもっと誠実に生きなければと思ってるんよ。生きている時には、お父さんは人間やから、見えないものは見えなかったけど、今は天からわたしを見守ってくれている。せやから、絶対にかげひなたのないまっすぐな生き方をせんとあかんと思ってるんよ。お父さんを悲しませたらあかんから」

と二十歳になった姪はいったという。

何と素晴らしい言葉か！

義妹と夢子さんのお母さんの育て方がよほどよかったのだろうと思いながらきいた。

上の子がそういう考え方なら下の二人も右へならえできっと賢い女性に成長するだろうと私は思った。

夢子さんのお母さんもガンで手術したことがあるというから、ガンの家系かもしれないなと悲しく思わずにはいられなかった。

やはりたどってみると、一家に一人や二人のガン患者はいるのだし。

二人に一人の罹患率というのもうなずける。

にこにこ挨拶を心がける

私は同室の人だけではなく、トイレで、洗面所で、廊下やエレベーターなどで出会う人にもすべて親愛の情を示すべくにこにこと挨拶した。

「もう、お宅、手術が終ったんですね」

ときかれることが多かった。

「いえ、まだです。これからです」

「えっ？　いつもにこにこされてるから、てっきり、手術は無事に終ったと思ってましたよ」

と声をかけられることが多かった。

廊下で会っても本当にうっとうしそうな顔をして、こちらがにっこり笑いかけても知らん顔の人もたまにはいたが、ほとんどの人がほほえみを返してくれた。

同室の人だけではなく、十階に入院している人たち、はてはO病院に入院しているすべての人と縁があるんだと思うと、にこにこと挨拶せずにはおられなかった。

私は飛行機に乗った時も、同乗しているすべての人は皆、運命共同体だ、飛行機が落ちた時には一緒に亡くなるのだと思い、どの人にも情が移るのである。

里の母は「にこにこするとに、お金も道具もいらんとよ。自分の心がけひとつ。他人と会うたらまずにこにこして挨拶ばせんばよ。生きとる以上はせめて、自分のまわりくらいはあたためんばよ。それが人間としてのつとめたいね」というのが口癖であった。

それと「泣いて暮らすも一日、笑うて暮らすも一日、同じ一日なら笑うて暮らさんば損たいね」といい、失意の時も得意の時も、いつも朗らかに暮らすように五人の子どもたちに教えた。

夫が私を妻に選んだのは、「この娘《こ》なら、どんな辛い事があってもメソメソせず、鼻歌のひとつも歌って乗り越えてくれるだろう」と思ったからだと後にきいた。

先日も道を歩いていたら、近所の奥さんが後から追いかけてきて、

「今井さん、今井さんはいつも幸福そうに歩いてるね。後姿がいつも幸福そうやわ」

といった。

私は嬉しくて「ありがとう」と御礼をいった。後姿といわれたのが大変嬉しかった。

前なら、化粧もし、誰が歩いて来ているかわかるから、かまえることも出来る。

しかし、後姿にはその人の本当の姿がそっくりそのまま出るとはよくいわれている。

その時、母の教えを体現出来たようでふつふつとした喜びが体中に広がるのを感じた。

と、書くと、今井美沙子は自慢しいの人間やなと読者は思うかもしれない。

が、エッセイとか手記とかいうものは、たいていどこか自分を自慢したり、ほめたりの自画自賛の文章がつきものなのである。お許しいただきたい。

私はいつも思っている。

人間、どこか自分をほめる所があるから生きていけるのだと。

自分を全否定したら、とても生きていけるものではない。

だから、私は時々、自分のいい所がみつかると、自分をほめつつ生きているのである。

八月二十五日　月曜日

体温、朝六時三十分、三十六・一度
朝八時すぎ、紋次郎先生、来室。

八時半頃、金太郎先生、来室。

私の体の調子をきかれ「良好です」と答えるとどちらの先生もにこにこ。

本当に二人共、笑顔のいい先生である。

紋次郎先生は腕を組んで斜め上から見下すこともなくなった。

夢子さんがその態度が気になり、「先生、怒ってるの?」ときいて以来、夢子さんに対してもとても愛想がよくなったというから、患者といえども、いいたいことはいった方がいいのだ。

その方が先生の今後に対しても親切だと私は夢子さんにいった。

二十五日は尿の採取(蓄尿)をいわれていたが、紋次郎先生は、私の場合、腎臓も心臓も悪くないので、尿の採取と蓄尿は必要ないといってくださる。その代わり、家から帰ったら、また五百ＣＣの下剤を飲むことを約束する。前回に終了のはずだと思いこんでいたが、また飲まなければならない。仕方なし。

十時から三時、家ですごす。内猫六匹を代わる代わるだっこし、外猫二匹にも会えた。

明日からもう帰れないので、本日、八匹に会えて嬉しかった。

本日は家でトイレに入っても便は出なかった。病院に帰ったら辛くても下剤を飲もうと決心した。マリアさま、どうかお力をお貸しくださいませと祈りつつ。

本日はスーパーにも寄らないし、家でも何にもしなかった。ただぼんやり横になっていた。家を出る前、しばらく帰れないなと思い、階下の霊さま（姑、舅、大姑）に手を合わせ手術の成功をお願いする。

また、私の寝室のかもいの所にかけてある私の父母の写真にも手を合わせて手術の成功を祈る。

と、その時、電話がなった。

行きつけのパン屋さんの奥さんから。

「明日から私とこ、急用でしばらく休みますので、もし入用のパンがありましたらお持ちしますよ」

との親切な電話。

「まあ、ありがとうございます」

といって二週間分くらいの量のパンをお願いした。我家では、食パンは冷凍保存している。実はその日、私の留守の間の朝食用のパンの調達をしとかなければと思っていたのに、すっかり忘れていたのだ。

よかった。今井の両親か私の両親がパン屋さんにお願いしてくれたのだと私はありがたく思った。

ささやかなことかもしれないが、私はこのように他人に助けられることが多い。

その度に、私は今はもうこの世にはいないはずの今井の両親や私の両親が常に私たちのことを見守ってくれているのだと思う。

パンのことは安心して家をあとにした。

病院に帰ってから、下剤五百CCを冷たくしてもらっていたので、水と交互に飲み、何とか飲み終えた。明日もまた飲まなければいけない。手術までに大腸の中の便を全部出し尽さなければいけないのに、まだまだ、トイレに貼ってある手術の出来る水のような便にはなっていないので不安である。

今、午後三時四十分。先程、看護師長のIさんがいらっしゃったので手術後また一〇六五室に帰りたい旨、お願いする。

なるべく希望にそうように致しますとおっしゃってくださるが、どうなるかわからない。

このO病院での部屋の移動は激しいから。

午後六時四十五分、看護師さんいらっしゃる。
熱三十六・七度
血圧　上一四五、下八十九
酸素　九十九
夕方五時頃トイレへ行き、ショーツ、三分パンツ、パジャマの下、お尻の方がぬれて着られなくなり、右手だけで下着をかえる。左手は点滴につながれているので。
明日五時より私の手術の説明があるので、祝雄も光も来る予定。その時に、ショーツ、三分パンツ、パジャマの下のかえを余分に持って来てもらうよう談話室すみの公衆電話より家に電話をかける。支柱台をお供なのでドアは開けっぱなしでしゃべる。テレビの音に負けないような大声だったので、談話室でテレビを観ていた人たちが、いっせいに私の方を見る。会釈して足早にその場を離れた。
（ちなみに私は携帯電話は持たない主義。入院患者の多くが携帯電話を持っていた。）

手術前日

八月二十六日　火曜日
手術の前日。八月二十一日より二十五日まで、夜、眠れない。

手術が終ったら眠れると思うが……。

やはり不安である。麻酔が失敗しないか、手術そのものが失敗しないかと。

でもマリアさま、イエズスさま、ヨゼフさまがきっと守ってくださると信じている。

とにかく元気になって家に帰りたい。

そして、おいしい果物も食べたい。

もうこれで六日、何も口にしていない。

食事の時間、他の人のベッドにおいしい匂いの食事が運ばれて来ると、早く自分も食べたいなと思う。

私は鼻が利く方なので、食べられないのにカレー味のスープの匂いをかぐのは辛かった。

手術前日の看護師さんの担当は、男性看護師のSさんと、飲みにくかった下剤を冷やして飲むのを助けてくれたよく気のつくTさん。

朝、Sさんが「今日はおへその手入れと毛ぞりの予定です」といったので、ドキッとした。

まさか男性看護師の人がいくら六十五歳以上の高齢者とはいえ、毛ぞりの担当にはならないだろうなと心配になった。

夢子さんにその心配を訴えると
「きいてみたらば。もしSさんがするとなったら、女性にしてくださいとはっきりいったらいいと思う。六十七歳でも恥ずかしいものは恥ずかしいんやから」

といってくれたので、もし、Sさんであったら申し訳ないがTさんにしてもらうようにお願いしようと決心した。

ところがそれは杞憂に終った。

十一時頃、Tさんが病室を訪れ、へその手入れと毛ぞりをしてくれたので安堵した。

また、手術用の大きな注射針（もし、万一、輸血が必要になった時、そのまま輸血出来るくらいの太い針、もちろん、点滴用でもある）をTさんが痛いところを避けて、ちゃんと血管に入れてくれた。

明日手術なので体を清潔にしとくようにいわれ、十一時半に夢子さんにシャワーの使い方を教えてもらってシャワーを浴びる。

入院して初めてのシャワー。

気持ちいい。

ところが鏡にうつった自分の裸を見てげんなり。

六日絶食するとここまでやせるのかと驚く。

体重計に乗らなくても四十キロを切っているのがわかる。

よし、明日、手術が終って数日後、食べられるようになったら、どんどん食べて、せめて入院直前の体重、四十二キロくらいまでは太らなければと思う。

一番気にしていた下腹部の毛ぞりが終わり、これで何もかも準備万端整ったといいたいところであるが、かんじんの便がまだムラムラの状態。

なかなか水のような状態にはならないのでとても気持ちが焦る。

二十一日から二十六日まで絶食を通してもこの状態。

果たしてこのような便の状態で手術が出来るのかどうか不安は増す一方。

五時には祝雄も光も病室へ来て先生の説明をきくため待機していたが、なかなかお呼びがかからず、やっと六時四十分より七時三十分まで特別室のような所で説明をきく。

ひと口にいってとにかくもう逃げて帰りたいほどの恐い説明であった。

手術のリスクの可能性をこれでもかこれでもかというほど説明される。

恐怖の中で同意書を六枚書くことになる。
① 内視鏡下外科手術に関する同意書（腹腔鏡下手術）
まず病名は、S状結腸癌
〈腹腔鏡下手術の具体的な方法〉
手術は、腹部に数ヶ所、五ミリ〜十二ミリほどの穴をあけ、腹腔鏡と呼ばれる硬性鏡を挿入、鉗子やスカルペル（メス）を挿入するためのトロカールと呼ばれる装置を他の穴から刺しいれて、モニター画像を見ながら作業をおこなう方法。
〈腹腔鏡下手術の危険性〉（術中偶発症、術後合併症など）
・気腫操作に伴うもの（腹腔内臓器の誤穿刺による損傷、血管穿刺によるガス栓塞、腹膜前気腫、

皮下気腫、腹壁動静脈損傷、術後瘢痕（ヘルニア）
・気腫状態による偶発症、合併症（高炭酸ガス血症、ガス栓塞、不整脈、下肢静脈血栓症〈肺梗塞〉、術後肩痺）
・腹腔鏡画像の制約による偶発症、合併症（切離に伴う組織後面の副損傷、視野から外れる他臓器の損傷）
・電気メスに関する合併症（他臓器への誤接触による副損傷、絶縁不良による熱損傷）などがあります。
〈開腹手術へ移行する可能性〉
術中の所見にて術式の変更（開腹手術に変更）を余儀なくされる場合があります。
〈腹腔鏡下手術の利点と欠点〉
まず利点として
・術後創痍が軽微
・腹壁の機能障害が軽い
・入院期間の短縮
・早期社会復帰が可能
・手術痕が小さく美容上優れる
・術後の癒着が生じにくい

・経口採取が早期に望める
・術後合併症の減少
・創部感染の可能性が低い
欠点として
・全身麻酔を要する
・手術部位の立体的な把握ができない
・止血操作その他の技術面での困難性
② 血漿分画製剤使用に関する同意書
起こりうる可能性のある危険度について、ショック症状過敏性など。人の血液を原料にしているため、B型肝炎、C型肝炎、ATL（成人T型細胞性白血病）、HIV（後天性免疫不全症候群）、未知のウイルス等の感染の危険性を完全に否定できないこと。（安全対策は講じられているが、そのリスクを完全に排除できていない可能性があります）
③ 中心静脈カテーテル挿入に関する同意書
④ 静脈血栓塞栓症とその予防処置に関する同意書
⑤ 手術同意書
⑥ 輸血についての同意書
モニター画面を見ながら、金太郎先生が厳しい表情で説明した。

あと紋次郎先生、桃二郎先生も立ち合った。

専門用語が多く、すべてが理解出来たわけではなかったが、ここまで来て、手術の同意書を拒否するわけにもいかない。説明のあと、同意書は部屋へ持ち帰り、本人署名、同席者、夫、今井祝雄が署名して、看護ステーションのその夜勤務の看護師さんへ渡した。

結局は、手術のリスク云々を検討する時間の余裕も心の余裕もなく、要は、金太郎先生、紋次郎先生、桃二郎先生との信頼関係のもとに署名をしたのであった。

数日前、麻酔科の先生が説明にいらした折に、私は金太郎先生の手術の腕前についてきいていた。

麻酔の先生はにっこりして「ぼくはここへ勤務する前に別の病院にもいましたが、M先生はピカ一です。今まで何の問題もありませんし、安心して手術を受けてください」と力強く答えたのであった。

それは夫にも息子にも伝えてあったし、息子はインターネットで金太郎先生の略歴など調べたらしく、「おかあさん、とにかくすごい先生や。ダヴィンチ手術の免許も持ってはるし、日本で五本の指に入るくらいの腕前の先生や。ゴッドハンドらしいよ。心配せんでもええんちがうか」というほどであった。

信頼はしているものの、やはり手術を受ける不安を払拭することは出来なかった。

心細い夜に

午後八時過ぎ、夫と息子をエレベーターの所へ送りに行き、ドアが閉った時、私は自分がみなし児にでもなったかのような悲しみと心細さを感じた。十八歳で作家になりたい夢を抱いて大阪へやってきた。働きながら文章修業をし、二十三歳で夫と結婚するまで、自立して生きてきた私なのに何という弱い人間であることか。涙をこらえて点滴の支柱台をゴロゴロと押して病室へ戻って来た。

幸い夢子さんのカーテンの中は明るかった。

「起きてる?」と声をかけただけで一きいて十悟るような夢子さんは「起きてますよ。時間ありますよ。少ししゃべりましょうか。食堂へ行きましょうか」と、私が思っていることをそのまま代弁するかのようにいってくれた。

二人して食堂の椅子に座った。

幸い他には誰もいなかった。

別に手術への不安の話ではなく、世間話のようなとりとめのない話であったが、その間、手術のことを忘れることが出来た。

二十分ほどして、桃二郎先生がやって来た。

「ぼくもいいですか?」

と話の仲間に加わってくれた。

私が五島列島出身者と知って、自分の友人の医師が五島で病院を開業している人の息子で、来年、結婚式があるので、五島へ行くかもしれないといった。

きくと、私の知っている病院であった。

「わたしね、これでも、五島市のふるさと大使をしてるんよ。五島をよろしくね」

やはり、とりとめのない話ばかりをした。

「明日、手術なので、今夜はもう寝てくださいね。体を休めてください。ぼくももう家へ帰ります」

といって食堂を出て行った桃二郎先生の後姿に心からありがとうをいった。

帰宅しようとしてエレベーターの所へ行きかけたところ、不安そうな私の姿を見つけて、仲間に加わってくれたと私は思ったのである。

何と思いやりのある先生であることか。

九時前になったので、急ぎ部屋へ帰った。

その夜の夢子さんと桃二郎先生の思いやりは私は一生忘れないだろう。

さて、ベッドへ帰った私はすぐには眠られず、室内灯をつけて日記帳を開いた。

「本日説明を受けたリスクが重なると、ひょっとしたら命を落とすことになるかもしれない」

という不安に襲われた。

イエズス、マリア、ヨゼフさまにお祈りしてもその不安はとり除かれなかった。

自分の信仰の薄さを思い知らされた。

父母の墓の写真を出してお祈りもしてみたがやはり不安は大きくなる一方である。

夫や息子がいるといっても、人間はしょせん一人ぽっち。死ぬ時は一人で死んでいかないといけないのだ。よし、夫と息子に遺書を遺そうと思った。

祝雄さんへ
もし、手術がうまくいかなくて、私が亡くなった場合のために記します。

わがままでいたらぬ私を妻にしてくれ、今日までよくしてくれてありがとう。

美沙子は幸福でした。

あと、光と猫たちのことよろしく。

十八歳で五島から出て来て、これまで数えきれないくらいの人たちによくしていただきました。これまでの私の仕事先、友人知人、血縁の者に機会があったらありがとうございましたと伝えてください。心と体を大切に。

二〇一四年八月二十六日　夜九時記す

光へ
もし、手術がうまくいかなくて、私が亡くなった時のために記します。

今までこんないたらぬ母のことをよく慕ってくれてありがとう。パパと仲良くして、猫たちのことよろしくね。

六十七年間、生きて来られて幸福でした。

作家になって皆さんに大切にされ、身に余ることでした。

今後、私がしてきたように、恵まれない人たちのために寄附を続けてください。

貴方がよく振込みに行ってくれたので、大体のことはわかっているでしょう。

よろしくね。

心と体を大切にして長生きしてね。

二〇一四年八月二十六日　夜九時半記す

大げさかもしれないが、一応、走り書き程度の遺書も書いた。

一晩たてば明日になる。

手術は明日の十二時三十分から一時の間に呼ばれて手術室に入り、三時間から四時間を要すると説明を受けた。

あれこれ考えてもどうなるものでもなし、明日は金太郎先生、紋次郎先生、桃二郎先生に手術を託そう。

この三人の先生のために私が眠りにつくまで祈ろう。それしかない。

第3章　手術とその後

マナイタの鯉

八月二十七日　水曜日

ほとんど眠れず朝を迎える。いよいよ手術日。朝六時頃、洗面所で顔なじみの人と会う。その人は十五日に検査に来て、そのまま入院。

その日から絶食、点滴が始まったというから、私よりもっともっと絶食と点滴の期間は長い。やさしいもののいい方をする人で、ものごしもやわらかくおだやかな性格そう。

私はその人をおだやかさんと呼ぶことにした。

（おだやかさんと私はその日以来、ずっと行動を共にするようになった。）

おだやかさんも二千CCも下剤を飲んだが、私と同じく、便が完全には出切っていないというので、少し安心した。

おだやかさんは朝八時半からの手術、その後が私とわかったので、「じゃ、バトンタッチの握手をしましょう」と申し出、握手をしっかりとする。

おだやかさんも大腸ガン。

大腸と小腸が接触している上部の方に大きいガンが出来ているとのこと。

八時頃、紋次郎先生来室。

「今日はお互い頑張りましょうね」と励ましてくださる。ありがたし。

桃二郎先生も激励に来てくださる。

何と行き届いた先生方かと感心する。

O病院は大病院なのに、先生方、看護師さん方の心づかいが行き届いていて、親切な個人病院といった印象である。体だけでなく心にも寄りそってくれる病院である。

四十年前の噂は一体、何であったのか。

現在ではみつけようにもそんな先生、そんな看護師さんは一人も見当らない。

今、八時三十分。先程トイレへ行くもまだ便が出る。今日の今日まで完全には便が出切っていない。先生方には申し訳なし。

紋次郎先生がおっしゃるには「M先生は手術が適格で早い」とのこと。期待したい。

昨夜まではドキドキしていたが、今日になると覚悟が決まり心は少し落ち着いてきた。

マナイタの鯉の心境！

九時頃、掃除のおばさんが部屋の掃除に来てくれた。今日手術なので祈っといてねとお願いすると、モップを真中にして手を合わせて祈ってくれた。その純真な姿を見て、手術は成功するに違いないと思った。

入院患者、会う人ごとにお祈りくださいとお願いした。
十二、三人にはお願いしたし、看護師さん方にもお願いした。
乳ガンを手術した七十五歳の女性と廊下で会い、立ち話。

女性は同じ部屋に乳ガンの手術の二十三年後、甲状腺に転移して入院して来た人を見て将来が恐いといった。

「まあ、二十三年後は九十八歳やから、わたしはもう、この世にはいないと思うけど」と寂しそうに笑った。

今、午前十時三十分。トイレばかり行っている。やはり落ち着かない。

あと二時間余りで手術室へ入る。

十時頃、自分のS状結腸のガンのあたりを触っていたら、なぜか、菅原洋一の「今日でお別れね、もう会えない、涙も見せずにいえるなんて……」と口ずさんでいた。

このガンも私の体の一部だったのだ。

忌み嫌われて今日、切除されるが、大腸ガンと診断されてから今日まで、毎日、毎夜触り、「どうか自然退縮してね」とお願いして来た。

「まだ、あんたとは一緒には死なれへんねん。わたしにはまだやることが残ってるねん。ごめんね。あんたが先に消えてね」

と私はガンに話しかけた。

朝、トイレで会ったおだやかさんは今頃、手術中だ。成功を祈る、祈る、祈る。

午前中、浣腸を看護師さんがしに来ることになっていたが、まだ来ない。どうなっているんだろう。

夢子さんは直腸ガンの放射線治療に行って留守だが、私が手術で部屋を出る前には帰るとのこと。

前の人の手術が早く終わるとのことで、手術の時間が早まるので家の人を呼んどいて欲しいといわれるが、私は携帯電話を持っていないので病院より家へ電話してもらうことにする。

近いので十分もすると祝雄も光もやって来た。

「どうや?」

ときかれたので
「いよいよやから、覚悟が決ったわ。とにかく頑張るから、祈っといてね」

と二人にいう。——以上が日記——

看護師さんがやって来て、青い紙で作ったような簡易な手術着に着がえさせられた。

頭には透明のビニールの帽子をかぶせられる。部屋を出る時に、夢子さん、肝っ玉かあさん、がんばり屋さんが心配そうに見送ってくれる。まるで身内に見送られているよう。

祝雄と光は三階の手術室の前まで見送ってくれる。

手術室へ入る前、振り返ると涙が出そうなので振り返らなかった。

手術室へ入るとまずベッドの上に上がり、体を海老のように丸くして、背中から硬膜外麻酔の注射を打たれる。

十分から十五分も要しただろうか。

それから全身麻酔。

点滴の中に麻酔が入っていたのか、いつのまにか意識を失った。

切除に成功

気がついたら四時間半も経っていた。

予定では三時間であったが、時間がのびた。後日、手術の時間をきくと、手術前後の麻酔が一時間、実際の手術時間は三時間三十三分であった。

S状結腸ガンが小腸と卵巣に浸潤しているかもわからない状態であったので、婦人科の先生にも協力してもらって手術を続けたという。手術が終了し、私はエレベーターで十階のＨＣＵにベッドで運ばれた。

私自身は声は出せなかったが、まわりの人の声は全部聞こえていた。

よく、人間、死ぬ間際でも耳だけは聞こえているので、めったなことはいうものではないといわれるが、なるほどと思った。

祝雄と光が「よく頑張ったね」といって、手をしっかり握ってくれた。

「わかったら、握り返してください」という声が聞こえたので、握り返した。

祝雄の手も光の手もあたたかく安心した。

「やっと手術が終った。医療事故もなく、生きていた。手術は成功やったんや」

声には出せないが、体中に喜びが広がるのを感じた。

私の手術に関わってくださった金太郎先生はじめ、多くのスタッフの皆さんに心の中で手を合わせた。

そして、心から神さまに感謝した。

手術が予定より長引いていたので、談話室で待つ間、二人共気が気でなかった。

夢子さんや肝っ玉かあさんも心配して、何度も談話室まで来てくれたという。

祝雄と光は手術直後、十階のナースステーションの隣の部屋で金太郎先生に手術の経過説明をきいた。

金太郎先生は人の命を救う一大事を成し遂げたのにもかかわらず、淡々としていたので、二人はその平常心を失わない姿に感動した。

しかし、説明の中には一抹の不安もあった。手術前、絶食、下剤、浣腸と、大腸の便を出す努力をしたのにもかかわらず、手術中にも便は大腸の中にあり、その便を完全にはとり去ることが出来なかったので、そこに菌が入ったら大変だという説明があったのだ。

昨日の説明の時、「切除したガンを見ますか？」と聞かれたが、私は見ることに反対した。というのは、先日、知人の息子さんが大腸ガンの手術を受けた時、その人の弟が切除したグロテスクな肉の塊を見て、失神したことをきいていたから。

弟は失神したので二時間半もかけて点滴を受け、やっと正気をとり戻し、帰宅した。

「ああいうものは見ない方がいいわ。お医者さんとの信頼関係があるなら、もうその先生を信じて……」

と息子さんの両親はいった。

ガンの塊を見たために二、三日食事が喉を通らなかったり、数ヶ月、牛や豚の肉を受けつけなかった人などの話も以前にきいていた。

ことさら見なくてもいいのではないかと私は思ったのである。

二人は私が強く反対したので、前夜の説明の時間のあと、「見なくてもいいです。本人が希望していませんので」と答えていた。

しかし、息子はビニール袋に入っていた赤っぽい塊は手術直後目にしている。

「多分、あれがおかあさんの大腸ガンを切除したものやと思う。見たけど、ぼくはどうもなかったけども……」といっていた。

私は三十余年前、夫の弟が盲腸の手術をした折に、立会人として、切除した盲腸を見せられ、「確かに切除した盲腸を見ました」というような証明書にサインをしたことを覚えている。

盲腸なので小さいものであり、気分が悪くなったり、食欲がなくなったりすることは全くなかった。

気がつくと手術着ではなく、手術前に用意していた赤い花柄の和式のねまきに着がえさせられ、おなかにはこれも用意していた腹帯が巻かれていた。

下腹部はごわごわした紙パンツを着せられていた。

全く知らないうちに着がえさせられていたのである。

手術が終了すると同じ頃、意識が戻ったことに対し、私は麻酔担当の先生に心の中で感謝した。

そして舌で口の中を確かめてみた。口の中が切れたり、歯が折れたような形跡はない。

口腔内のことを心配していたが手術前と同じ口の中であった。ホッとした。

麻酔担当の先生方が、最初から最後まで私の傍につきっきりで体調の管理など細心の注意を払ってくださったのだと思った。

執刀した先生方、麻酔の先生方の息が合って始めて手術は成功するのだと当り前のことなのにあらためて思うのだった。

そこに、金太郎先生、紋次郎先生、桃二郎先生が来てくださった。

私は手を差しのべて、一人一人の先生にありがとうございます、ごくろうさまの心をこめて握手をした。

力はあまり出なかったが、私なりの力を込めて三人の先生の手を握った。

三人の先生は慈愛のこもった表情で私を見てくださった。

「信頼していた通りの三人の先生であった」と心の中で思うと、手術が成功した喜びが私の小さい体からはみ出しそうであった。

夫と息子は手術の成功を見届けると、帰って行った。(ところが後日、きくと、私が「猫のこと気になるから、あんたらもう帰って猫の世話をしてね」とせかしたので心を残して帰ったそうである。私の記憶にはないが……)

これでやっと安心して眠れると思ったのもつかの間のこと。朝まで全く眠れない苦しみを味合った。

HCUでの残酷な夜

HCU(準集中治療室)は静かな部屋だと思ったのは大まちがい。とても術後の病人が寝るような部屋ではなかった。

激しい金属音がしょっ中鳴り響き、ラッパ音などもする。とても形容しがたい今まで聞いたこともない異音が一晩中、鳴り響き、とてもじゃないが一睡も出来なかった。

その音が鳴り響くと、吐き戻しが始まり、一晩中、吐き戻しが続き苦しかった。

「あの音は何ですか？」

とついに看護師さんにきくと「人工呼吸器の音です」といった。

他の人の痰を吸引する音も私の神経には響いて、また戻すというふうであった。

手術を受けた晩にあんな部屋で寝かすなど医療者のすることだろうか。

今後、絶対にああいう残酷な夜は次に続く患者さんにはして欲しくないので、院長先生あて直訴状を書こうかと思ったほどである。

慣れている医療者には何でもない音かもしれないが、初めて手術を受けてゆっくり休みたいと思っている患者にとってはどんなにか残酷な夜であっただろう。

是非、是非、やめてもらいたい。

夜がどんなに長く感じられたか。

六十七年間生きてきて、私の人生の中で一番長い夜となった。

早く朝になって欲しいと願い、看護師さんに時間ばかりをきいたがあまりに時間が経つのが遅く、一時間ほどしか経っていなくてがっかり。

看護師さん方がやさしく接してくださり、それが一番の慰め励ましであった。

看護師さんの仕事は大変だなと思った。

体温も三十七・七度と高くなり、氷枕を頭にあててもらった。

足にはフットポンプというのをはめられているのでグーングーンと足を一晩中刺激され気持ち悪かった。

手術は成功したが、その晩の苦しみは一生忘れないだろうと思った。

後に私と同日に手術したおだやかさんも私と同じ思いだったことがわかった。

あの思いはあの夜、リアルタイムで同じ経験をした者同士にしかわからない。

エレベーター内で受けた親切

八月二十八日　木曜日

手術後、具合が悪くなり、一晩中吐き戻しした。麻酔の副作用か？

ずっと船酔いをしているような気分。

そんな中でも採血とレントゲン撮影がある。

レントゲンは一階なので降りるのが辛かった。車椅子に乗せていただき、看護助手のＹさんに連れて行ってもらうことになった。

エレベーターの中でも吐き戻しは続いた。

小さな洗面器を持参していたのでその中に吐いた。エレベーターの中は満員。

「ごめんなさい」

と私は吐き戻しつつ、まわりの人が気持ち悪かろうと思ってあやまった。

すると一緒に乗っていた五十代くらいの男性が「遠慮せんと吐いたらいいんや。吐いたら胸がすっとするから。思い切り吐いたらええねん」とやさしく声をかけてくれた。

どんなに嬉しかったか。

何と人情味あることばか……。

私は吐いていたのに、声をかけてくれた男性を見上げた。心の中で「ありがとうございます」と御礼をいいながら。

その男性も入院中らしく、作務衣型のパジャマを着ていた。

レントゲンの撮影が無事すみ、またYさんに車椅子に乗せてもらってHCUへ帰った。

朝方、もう一晩、HCUで寝て欲しいといわれたので吐き戻しつつも猛抗議した。

「あんなやかましい部屋にもう一晩、寝られるわけがありません。あの部屋だけは絶対イヤです。廊下の隅でもいい、あの部屋以外の場所で寝かせてください。お願いします」

と師長さんに頼みこんだ。

と、その時、看護ステーションに紋次郎先生が来たので、直談判した。

「あの部屋だけは絶対イヤです。もし、あの部屋で寝ないといけないのなら、今からすぐ家へ帰ります」と。

私は本気であった。

心の底から逃げて帰りたいと思った。

紋次郎先生は私の顔を見て、

「何？　そんな顔をして、そんな恨みがましい目をして……」とたじろいたような表情でいった。

いつもにこにこして、冗談ばかりいっている私なのにあまりの落差に驚き、何とかしなければと思ったらしかった。

するとしばらくして、師長さんがほほえみながらＨＣＵへいらっしゃり、「二人部屋を空けましたので、二人部屋に移りますね」といったので、地獄から天国へ昇ったような気持ちになった。

そして、すぐに私の冗談いいが始まった。

先程のエレベーターの親切な男性を話題に出し、「師長さん、わたし、その人に『君の名は』とききたかったんよ。それほど男らしくやさしい人やったんやわ」というと、師長さんはにっこり笑った。

あの部屋でもう一晩といわれた時、血圧が一気に百八十八に上がった。

その後、別の部屋に決まると、血圧は百四十一に下がった。

血圧はその人の精神状態を如実に反映するものらしい。

その後、ナースステーションを通った時、師長さんがいらっしゃったので、「この御恩は忘れません」と御礼をいった。

それでおだやかさんと一緒に二人部屋へ移ることが出来た。やれやれ。

実はおだやかさんも私と同じように、HCUでもう一晩過ごすことは絶対いやだとおだやかさんなりに抗議していたという。

二人の抗議が通じたのである。

O病院は先生、看護師さん、看護助手さん、共にいい人たちばかりなのに、病室を次々に代わらせられるのには困った。

こちらの都合など全く聞かず、突然、部屋を代わらせられるのである。

なぜ、たった一日（私の場合、昼十二時に部屋を出て手術室へ、その後HCUで一晩過ごしただけ）のことなのに元の部屋へ帰れないのか、どうしても納得がいかなかった。

入院中、七、八人の人にきてみたが、私と同じような不満を持っていたので、私が代表し、この稿を借りて、患者の立ち場から意見をのべさせていただいた。

（私の場合八月二十一日〜二十六日が四人部屋の一〇六五室、二十七日の手術日がHCU室、二十八日が二人部屋の一〇五三室、二十九、三十、三十一日が四人部屋の一〇五四室、九月一日、二日が一〇五八の個室。わずか二週間の間に五回も部屋をかわっている。）

五袋ぶら下げてリハビリ

手術の翌朝で、吐き戻ししていたのに、早速リハビリの先生が来て、すぐに歩かなければいけないというのだった。

とにかく、すぐに歩いて体を動かした方が傷の治りも早いし、体調の回復も早いというのである。

入院前に読み、入院する時も持って来ていた本『大学教授がガンになってわかったこと』にも、術後すぐに歩いた方が回復が早いと書いていたので、私もそれを見習うつもりであったから、傷口は痛かったけれど、我慢して歩いた。

最初の日は六分間。

次の日から西病棟から東病棟をぐるっと一周したら百四十メートル、それを一日十周、一キロ四百メートル歩くようにいわれ、私もおだやかさんも素直にそれを実行した。

元気よく、手を大きく振って歩くようにといわれ、幼稚園児か小学生のように手を大きく振って歩いた。

手を振るといっても右手だけ。

左手には点滴を打っているし、支柱台も持って歩かないといけない。

手術前にも支柱台を持って歩かないといけなかったので不自由と感じてはいたが、手術後はその比ではない。

大きな大きな負担となった。

支柱台には栄養分を補給する点滴と、抗生物質の入った点滴が私の背丈より高い所からぶら下がり、体には硬膜外麻酔用（痛み止め）のポンプの入った袋、ドレーン（創傷部にたまった血液やリンパ液などを体外へ排出するための管の入った袋。毎日、看護師さんがたまった液を抜きに来る）、その上で私の場合は手術後も大腸内の便が完全には出ていなかったので、肛門から透明の管をつけられ、便が流れて入るようになった透明の袋もつけられ、合計五ヶの袋をぶら下げて歩かなければいけなかった。

おだやかさんの場合は便を入れる袋は必要なかった。

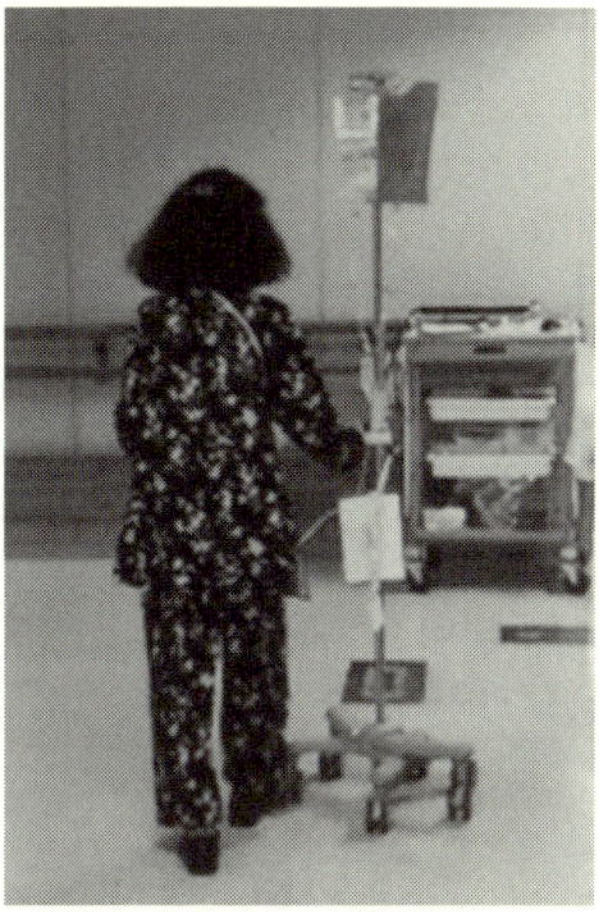
点滴の支柱台に五袋下げて移動

この五つの袋は二十四時間。

ベッドで眠る時もつけたまま。

寝返りを打つにも気を使う。

何と不自由なことであろうか。

歩く練習、レントゲン撮影と、辛い日々であったが、おだやかさんと一緒に水入らずで二人部屋に入れたので朝からの怒りと不安がスーッと和らいだ。

今夜はゆっくり眠れるだろうなと思っていたら、

蓄尿をしなければいけないというので、蓄尿出来る簡易トイレを看護師さんがベッドの傍に置いてくれたが、座っても一滴も出ない。

看護師のFさんが尿管でおしっこを出してくれた。あと、看護師のTさんのいったひとこと、「いったん何かの拍子で出だすと、どんどん出ますよ」で暗示にかかったように、出るわ出るわ、おしっこがどんどん出始めた。びっくり。

これで腎臓の方はクリア出来た。嬉しい。

夕方、光と祝雄が面会に来た。その時には二人部屋（一〇五三）へ移っていた。

八月二十九日　金曜日

午後すぐに一〇六五室で一緒だった肝っ玉かあさんが明日退院だといって晴れがましい顔をして別れの挨拶に来てくれた。

味つけのりをくださった。ありがたし。

住所と名前と電話番号を書いていただく。

さすが、昔、保険の外交員をしていただけあり、字が几帳面でとてもきれい。

またお会いしましょうねといって別れる。

昨日、昨夜と吐き戻しがあり、しんどかった。黒い液がどっと出る。そのために尿の量が少ないのではないかと心乱れるが、夜から夜中、早朝にかけて大量の尿が出た。

一八〇〇CCも出たとのこと。従って蓄尿は終了。

一日も早く、硬膜外麻酔の袋、ドレーン、便をためる袋、点滴が終了となれば、どんなにか体が楽になることか。

本日も午前、午後、リハビリの先生がいらっしゃり、三周を二回する。

先程、面会に来ていた光をエレベーターの所まで見送り、また二周した。

夢子さんのベッドものぞいた。

その後、私の部屋へ来て、夢子さんにも住所と電話番号を書いてもらった。

夢子さんも抗ガン剤治療と放射線治療がいったん終ったので九月一日退院とのこと。寂しくなる。しかし、住所が近いので、またいつでも会えるとお互いいい合う。

看護師長さんがいらっしゃり、一晩寝ただけの部屋から一〇五四室、四人部屋に移る。流浪の民である。

どうして同じ部屋で落ちつかせてくれないのか不満に思う。

しかし、四人部屋もおだやかさんと隣同士なので心が救われる。

一〇五四室は、我家が見える方向である。

万代池が見え、池にかかった石橋も見える。

ついこないだまでこの石橋を渡ってパン屋やブティックやケーキ屋へ行ったものだ。

十階の窓から眺めると、石橋を渡っている人が小さく見える。

かつて私が石橋を歩いていた時、この窓から眺めて羨ましく思った人がいたかもしれないなと思う。

そうそう思い出した。

友人が九階に入院していた二十余年前、この方角の窓から我家がはっきりと見えた。

（現在はヘリポートの大きな建物が病棟の前に建って我家は見えない）

友人を見舞った時、我家が見えるので、私は友人にいった。

「暗くなったら、私が二階から懐中電灯を照らして合図を送るわ」と。

そして暗くなるのを待って、二階の窓から懐中電灯をくるくる回して合図を送った。

するとすぐに電話がかかってきた。

「合図、わかったわ。毎晩、合図送ってね。そしたらわたし、寂しくないから」

といったので、私は彼女が入院している間、灯台守りのような気持ちで懐中電灯の合図を送り続けた。

人生はいいものだ

八月三十日　土曜日　晴

私の六十八回目の誕生日。

本日は書くことが盛り沢山である。

夜中、二度も大便のおもらしをしたのでリハビリパンツ（紙パンツ）のかえを持って来ていただく。一回目、夜中の二時頃、お尻のところが気持ち悪くて目が覚めた。

寝ている間に大便がドッと出て、リハビリパンツからはみ出し、シーツまで汚してしまった。

これまで十日間、絶食していたのに、どこに便がまだたまっていたのか、すごい量である。

ちょうど隣のベッドのおばあさんの所に看護師のOさんがいらしていたので、「申し訳ないけど」と呼んでお尻の始末を手伝ってもらう。

広いトイレへ行き、私を便座に座らせ、熱いタオルを何枚も用意してきて、お尻やら、前やら、きれいに拭いてくれる。ありがたし。申し訳なし。ロッカーからパジャマの下を出し、着がえさせてもらう。

やっと着がえさせてもらってさっぱりしたのに、また同じ失敗をし、Oさんにまた手間をかけてしまった。

Oさんは二度目なのにイヤな顔ひとつせずほほえみながら「手術のあとはこんなことはありがちですので、お気になさらないでくださいね」とやさしくいってくださる。

私が世話をかけているのに、隣のベッドのおばあさんは一晩に五十回以上もナースコールを鳴らし続けていた。

その度に看護師さんが駆けつけてくる。足音と話声がきこえる。

それが一晩中なので目が覚め、なかなか眠られなかった。

そのおばあさんは確か寝る前に睡眠剤を飲んだはずなのに、すぐに目が覚め、薬が効いている様子はなかった。

一晩中、おばあさんの声、看護師さんの声でやかましいことではあったが、手術当夜のＨＣＵのあの金属音やラッパ音などの喧騒に比べれば、人の声だから我慢出来る。

あの夜と比べたら、幾倍もましである。

私が二回もおもらしの失敗をし、その度に看護師さんが世話をしているのを、そのおばあさんは感づいていたらしく、それについて文句をいっていた。

「別の人にはちゃんとしてあげてるのに、なんでわたしは放ったらかしなんや。おかしいやないの」という声が聞こえた。

「嫉妬してるん？　そんなこと、いわんとき」と看護師さんはたしなめていた。

私がおもらしを二回もし、その度につきっきりで世話をしたことに焼きもちを焼いたのだろうと思い、申し訳なく思った。

二度目のおもらしのあと、私は入院して初めて泣いた。つい、先日まで壇上で朗々と講演していた私なのに何と情けないことかと思って。

外を見ると、夜景が見えた。

夜景を見ると感傷的になるので、なるべくこの十日間、見ないようにしてきた。

夜中なのにあかあかと電灯のついた窓が数ヶ所見える。
私と同じくまだ起きている人がいる。一体、何をしているのだろうか。
その時ふと、若き日テレビできいた森繁久弥の歌う哀愁漂う『人生賛歌』（作詞：森繁久弥・作曲：山本直純）が聞こえたような気がした。

——どこかでほほえむ　人もありゃ
　どこかで泣いてる　人もある
あの屋根の下　あの窓の部屋
いろんな人が　生きている
どんなに時代が　移ろうと
どんなに世界が　変わろうと
人の心は　変わらない
悲しみに　喜びに
今日もみんな　生きている
だけどだけど　これだけはいえる
人生はいいものだ　いいものだ——

ビル（マンション）の一室の灯がついているのは、ひょっとしたら病気の人の介護をしているのかもしれないなと思う。
そして、いつしか私は私の生家のことを思い出していた。
いつも大勢で御飯を食べ、食事のあと、飲めや歌えやの宴が始まるのだった。
やがて宴が終わり、眠りにつく頃、我家へ泊っていたおじさんやおばさんがいつもいってい
た言葉を思い出したのだ。
「人間ち、よかもんじゃねぇ。こげんして、酒ば飲んで歌えて、踊れてさ」
「生きちょるっちよかもんじゃねぇ。こげんしてみんなで心が通じあえてさ」
決して恵まれた人たちではなかったのに、人生を、人間を全肯定して生きていたおじさんや
おばさんの姿を思い出したのである。
「そうや、いくらおもらししてもわたしはまだ生きないとあかん。猫の世話もせなあかんし、
夫や息子のためにまだ役立んとあかん、書きたいものもまだまだあるし……。一日でも余計に
長生きさせてもらえるよう神さまに祈ろう」
と涙を拭きつつ思うのだった。

十日ぶりの食事

やっと夜が明けた。

採血とレントゲン撮影の日。

採血は朝一番に採りに来た。

レントゲンは一階まで一人で行った。

一階なので知人と会うかもわからないのでマスクをかけた。三十年来変わらないソバージュの髪の毛は後でたばねた。

そうして鏡の中の自分の姿を見ると、自分で見ても全くの別人に見えたので安心して、パジャマ姿のまま、エレベーターに乗りレントゲン室へ。

幸い誰にも気付かれず自分の部屋へ。

十一時頃、採血の結果がよかったので昼より五分がゆが出る予定と紋次郎先生が知らせてくれた。

隣のベッドのおだやかさんも同じ。

私の誕生日に十日ぶりの食事。嬉しい。

祝雄と光が十二時頃、来てくれる。

ちょうど病院食が運ばれて来たが、涙が出て来て、なかなか食べられない。

私が初めての食事を前に手を合わせている姿や、食べている所を祝雄と光がしきりに写真をとっていた。

涙、涙で食べられない。

隣のベッドのおだやかさんも涙が出て、なかなか食べられないといった。
八月三十日（土）昼のメニュー
五分粥
牛肉の旨煮
大根のえびあんかけ
コンソメスープ（白菜）
茄子のくず煮

十日ぶりの食事は茄子のくず煮など

私は泣きながらも、五分粥三分の一、大根のえびあんかけ、茄子のくず煮を食べた。
食べ物ってこんなにおいしいものだったのかと感じつつ食べた。
光に誕生日祝いに花をいただく。祝雄には抽象的な聖像をいただく。ありがたし。少しだけ部屋に飾って、夕方祝雄が来てくれた時に持って帰ってもらう。
本日夕方四時頃、映画の一シーンのような光景を見ることが出来た。

ヘリコプターの音が近くでするので、外を見ると赤色のヘリコプターが近づいて来た。

真前のビルの屋上がヘリポートらしく、そこに着陸した。

目をこらして見ていると、たんかを持った看護師さんたちがやって来て、運ばれて来た人を乗せたらしく、また慌ただしく屋上から消えると、ヘリコプターは垂直に上昇すると飛んで行ってしまった。

ヘリコプターには大阪市消防局の文字が見えた。

ヘリコプターが去ったあとも、私もおだやかさんも呆然として外を眺めていた。

夕食は
五分粥
千草焼き
青菜のソテー
ヨーグルト
スパゲティ柔煮

八月三十日の朝九時四十五分測定
血圧　上一三六　下七十八

酸素　九十八
体温　三十六・七度

髪を洗う

八月三十一日　日曜日　晴
朝六時過ぎ　熱三十六・八度
朝九時三十分　熱三十六・九度
　　　　　　酸素　九十六
　　　　　　血圧　上一四一　下八十六

朝食
五分粥
ゆずみそ
スープ煮
里芋煮つけ
牛乳

冷たい牛乳なので飲めなかった。

あとは完食。

十時過ぎ、紋次郎先生、桃二郎先生、様子を見に来られる。

お尻の管を抜いてもらうようお願いし、やっと抜いてもらう。

お尻の管は私の場合、全く功を奏さなかった。

ただつけているというだけ。しんどかった。

朝十時四十分。朝食を完食したので、点滴をはずしていただく。すっきり。

両手が使えるようになったので、早速、洗髪室にて洗髪する。

掃除のおばさんと廊下で会い、洗髪室のことをきくと、親切にもついて来てくれて、お湯の温度の調整もしてくれた。

髪の毛を洗うのがこんなにも気持ちいいものかと思った。すべてがありがたい。

しかし、洗髪室に鏡が一ヶもついていないのは残念！　一ヶくらいはつけて欲しい。


本日は便がよく出た。

大量の軟便が何回も出た。まだ大腸に便が残っているらしい。

昼のメニュー

五分粥
鶏の照り煮
じゃが芋煮付け
うどん汁
小松菜の煮浸し

昼、完食と書きたいところであるが、うどんだけは残した。

光が十二時前に来てくれた。

赤のパジャマを持って帰ってもらう。

二十九日から三十日にかけておもらしをしたパジャマの下、きれいに洗って持って来てくれる。男の子に母親のおもらしの物を洗わせて申し訳なし。

明朝、個室へ移る予定。トイレがますます近いので。

荷物の整理をする。おだやかさんと別の部屋になるのは寂しいが、ほんの数日であるが個室も一度体験したいと思って……。

先程（午後四時）一〇六五室のがんばり屋さんをたずねる。四十二歳とのこと。

やはり若い。エネルギーあふれているのも無理はない。十六歳の笑顔のいい息子さんが見舞いに来ていた。明日か明後日、退院とのこと。

よかった。心から祝福。

五時三十分頃、夢子さん帰院。

息子さん、娘さん共に私の部屋へ来てくださる。先日（二十九日）廊下で撮った写真を持って来てくださる。

私が支柱台を持って廊下を歩いている姿。

これも私のありし日の姿。

入院時の思い出の一枚となるだろう。

ボサボサの髪、化粧気のない顔であるが、健気に病気と闘っている姿には見える。

やさしく逞しそうな息子さん。

結婚し、一児の父というから、少女のような夢子さんも私生活では立派なおばあちゃんなのだ。

娘さんはピアニスト。愛らしい笑顔が印象的でプロとしての演奏会の他に老人ホームなどへのボランティアの演奏活動もしているという。

御主人は単身赴任で関東の方へ行かれているらしいが、姑さんと同居し、仲良く暮らしている様子。

夢子さんにふさわしいフリルの沢山ついた可愛いパジャマは姑さん手作りというから、それだけでも嫁姑が仲良く暮らしているのがわかる。

祝雄、六時十五分来院、六時五十分に帰って行く。
夕食のメニュー
五分粥
蒸し魚野菜あん
白菜の煮浸し
味噌汁（ホウレンソウ）
干切り煮
夕食は完食した。

夜七時半頃、私の甥とよく似た青年と廊下で会う。

数日前に入院して来て、男女兼用の新しく広いトイレのドアの前でよく会っていた。はち合わせすると「どうぞ」と私にゆずってくれていたが、よく考えれば、私はもう手術はすんでいるし、遠くのトイレまで行ったらいいのだと思い当たり、その青年にゆずることにした。

私の方から声をかけた。

「どこが悪いの？」

「直腸ガンです」

「いつ、手術するの？」

「明朝の八時半からです」

「そしたら、その時間から数時間、祈っとくわね」

「よろしくお願いします」

「お名前は」

「Nと申します。お宅のお名前は？」

「今井です」

と答えた。

N君はトイレへ入り、私は部屋へ戻った。

おだやかさんにそのことをしゃべると
「美人の彼女がいつも来てますよ。談話室で二人仲良くおしゃべりしていますよ」と教えてくれた。嬉しく思った。


夜九時頃、痛み止めと胃薬をいただき、九時四十分頃に飲む。

手術後、初めて痛み止めを飲む。

私の場合、痛みに強いのか、硬膜外麻酔の痛み止めのポンプも一度も使用しなかった。

おなかに五ヶ所傷があるが、手術のあとは痛いものだと思っているので、出来るだけ痛み止めを飲まないようにしてきたが、今夜は我慢出来なかったので。

手術の翌日から毎日、傷の治り具合いを研修医らしき若い先生が見に来てくれる。本日も見に来た。私は恐くて自分の傷を見たことはないが、私の傷は治りが早く、とてもきれいとのこと。よかった。

その研修医らしき先生の一人であるが、悪気はないのだろうが、口のきき方がなっていない。まるで大人が子どもにいうようなぞんざいな言葉づかいである。

私は六十七歳。研修医らしき先生よりははるかに人生の先輩である。

あまりにもぞんざいな口のきき方なので、一緒にやって来た看護師さんにあとで、

「あの先生のお名前は?」

ときいたが教えてくれなかった。

看護師さんも私が不満を持っていたのを感じていたらしく、主治医にいわれたらいけないと察してかばったように思われた。

あさって退院

九月一日　月曜日
朝五時頃、目が覚めた。
夜中から朝にかけておもらしがなかったので、思いきって久しぶりに紙パンツを脱ぎ、ショー

ツに着がえる。

二十七日以降毎日、ごわごわした紙パンツだったので、お尻がもこもこするし、歩きにくく、気持ち悪かったのがすっきりする。

トイレへ行く。形のある便が五本ほど出た。

手術は成功したようだ。

ゴミはわざわざ一〇六五室の前のトイレまで捨てに行く。トイレもそこで入る。

手術前、お世話になったトイレは古いがなつかしく、そこの便座に座るとなぜか安心する。

ふるさとへ帰ったような気持ち。

夜、痛み止めをいただいて飲んだせいか、夜中から朝にかけて痛みはなかった。

ありがたし。

朝七時半頃、昨夜知り合ったN君の部屋をのぞく。

妻か恋人か若くて女優さんのように美しい女性がいた。私を見ると、すでにN君からきいていたらしく、笑顔で接してくれた。

N君は二十七歳とのこと。

若いのに可哀相。

「お祈りしててくださいね」

というので、必ずと約束する。

八時三十分からなので、八時二十分には部屋を出るはずだとおだやかさんが自分の経験から教えてくれたので、二人で部屋の前で待っていたら、紋次郎先生と桃二郎先生とは異なるH先生がやって来た。

五分ほどのやりとりのあと、急いで廊下へ出ると、ちょうどN君がナースステーションの角を曲がるところであった。

「N君！」

と呼びかけると一瞬立ち止まり振り向いて笑顔で手を振った。

「がんばってね」

と背中に声をかけた。

昨夜知り合ったばかりなのに、甥とうりふたつくらい似ているので情がすっかり移り、涙がにじんだ。

部屋へ戻り、ベッドの上に座り、おだやかさんと共に手を合わせて手術の成功を祈った。

私はマリアさまの御像に手を合わせるが、おだやかさんは亡くなられたお母さんに何事もお願いして守っていただいているという。

九時頃、個室へ移る。一〇五八室。

ナースステーションの真前。

トイレが部屋の中にあるので安心、快適。

窓から大通りが見える。

私が冬になると、みかんを買いに行く店が真前に見えた。

和歌山の方にみかん山を持っていて、全くの無農薬の小粒のみかんが果物屋さんよりおいしい店である。

友人の家も見える。

友人は私が入院していることなど露ほども知らない。

今日現在、誰にも知られていない。

家にはあちこちから電話があるらしいが、「今、出かけてます」というとたいていすぐに切ってくれるという。取材か講演で出かけていると思ってくれているらしい。

九時半にリハビリの先生（助手、学生のTさん）がやって来て、六分間歩かされる。歩くのが早いとほめられる。あと足の機能、足首の機能のテスト、握力のテスト、すべて合格。やったあ！

九時四十分測定
体温　三十六・四度
酸素　九十七
血圧　上一四〇　下八十三

朝のメニュー
パン二枚
Pヨーグルト
ジャム・マーガリン
ミネストローネ
紅茶
パンは一枚のみしか入らなかった。
牛乳は苦手と伝えてあったので今朝からあたたかい紅茶。とてもおいしく感じられた。おだやかさんも同じ感想。
夢子さん、本日、退院といって、二回も部屋へ来てくれた。
抗ガン剤と放射線治療の結果は十月十七日にわかるとのこと。
直腸ガンが消失していることを祈る。

前後するが、本日の朝、手術着のまま金太郎先生来室。

紋次郎先生が帰ったすぐあと。

退院、あさって（九月三日、午前）とのこと。あまりに急な話でびっくりする。

「先生、退院、四日にしてください。三日は家にガス工事の人が入るから」

「ここは患者の都合で退院日は決められない。病態の調子で決めるから。三日といったら三日」と頑としてきかないので、昼、光が来たらその旨伝えよう。とにかく、ありがたいことに早い回復であった。

自分でもよく頑張ったと自分をほめたいくらい。こういう大病をして、私も少しは人間的に成長したかなと思う。

本日もレントゲン撮影あり。

一人で一階まで行く。

前回と同じく、マスクをかけ、髪の毛は後でたばねたので別人のよう。

昼のメニュー

全粥

豚肉野菜炒め

モヤシのゴマ酢和え

果物缶

ブロッコリーのタラマヨ和え

夕方四時頃、紋次郎先生と看護師さんがいらっしゃり、やっとドレーンを抜いてくださる。おなかの抜糸は明日とのこと。

N君の手術、紋次郎先生も担当し、無事終了、成功したときき、ほっと胸をなでおろす。

咳が止まらない

咳が止まらず昨日からしんどい。

咳をする度に傷口に負担がかかって痛み、辛い。たまたま『大学教授ががんになってわかったこと』を再読していたら、著者が咳が止まらなかった時、部屋が乾燥しているんではないかと思い、マスクをぬらしてかけてみたところ、咳が止まったと書いてあったので、私も真似してみることにする。

薄いハンカチを水でしめらせてマスクの下にして鼻と口にあててみたところ、楽にはなりつつある。ピタッと止まってくれたらいいのに。この本には入院前、入院中、何かと助けられた。私もこれから大腸ガンで入院、手術する人たちのために、心をこめて自分の体験を書きのこさなければと思う。

久しぶりに自分から書く意欲が湧いて来たことを神さまに感謝。

光が十二時に来て一時頃帰る。

不要な物を二包持って帰ってもらう。

個室には壁に時計がかかっていたので、置時計も持って帰ってもらう。

光が病室にいた時間、咳が出て心配をかけたが、今は湿ったハンカチをあてたあと、咳はおさまりつつある。ありがたい。

夕方のメニュー
全粥
塩焼き魚
キャベツの生姜醤油和え
清汁（テマリフ、ミツバ）
炊き合わせ

夕方、六時頃祝雄が病室へ来る。

ちょうどその時、金太郎先生、紋次郎先生、H先生来室中。

金太郎先生は私が冗談をいうと終始上機嫌であった。

午後七時三十分、また、大量の便が出た。

おなかすっきり。その前にオナラも出たし、手術は完全に成功したと思う。

その後もまた便が出た。嬉しい。
夜八時　体温三十六・五度
血圧　上一三六　下八十七
やっと一三〇台に戻り、嬉しい。
私はずっと低血圧の方だったのに、入院してからは緊張しているせいか高血圧となり、心配していた。

抜糸して何もかも終了

九月二日　火曜日　晴
今、午前六時四十分。外を見ると晴。
十階ともなると夜景は美しいし、昼間もビルや民家や様々の建物がひしめいていて、活気があってなかなかよろしい。
入院して手術までは外を眺める心の余裕はなかった。というより外を見るのが辛く、外を見たくなかったというのが正直な気持ちである。これは病人だけに共通する思いではないだろうか。

自分が自由にどこへでも行ける時には、外を眺めるのは何ともないが、イザ、自分が入院し、行動が限られると外を見るのは辛かった。生まれて初めての経験であった。

一昨日、昨日と喉が痛く、咳が出て、その度に傷口に響いているが、ハンカチをしめらせてマスクの下に敷いてからは咳がすっかり治った。やはり咳止めの薬を飲むより、このように生活の知恵をとり入れた方がいいのだとつくづく思う。

と書いていたものの、その後マスクをはずすと、また咳込む。

部屋が乾燥しているのかもしれないので、マスクは外さないようにする。

朝七時四十分頃、紋次郎先生、部屋に来る。

本日、抜糸とのこと。これで何もかも終了の予定。

朝からずっと音のするオナラが十回ほど出た。先程（朝八時）、トイレへ行き大量の便が出る。まさかこんなによくなるとは思わなかった。朝七時半頃、おだやかさんの部屋に遊びに行っていたら、紋次郎先生が来たので急いで部屋に戻る。

十時頃、若い先生二人で抜糸に来る。

そのあと、十時半より、シャワーを看護師さんにすすめられ、お湯をかけるだけのシャワーにする。気分すっきり。

でも風呂場の鏡に映ったやせこけた自分の裸を見てげんなり。

桃二郎先生、十時二十分頃、明日退院なのでお別れに顔を見に来てくださる。

ありがたし。現在は消化器外科ではなく、別の科にて研修中。それでも忘れずに、時間をみつけて会いに来てくださり、感激。

朝のメニュー
パン二枚
果物
マーガリン
白菜サラダ
紅茶

今朝も昨日に続いてあたたかい紅茶を飲むことが出来た。こんなに紅茶っておいしいものだったのかと新鮮な気持ちで飲む。
長い絶食、入院のおかげで何を食べても、何を飲んでもおいしい。ありがたい。

昼のメニュー
全粥
味噌煮魚

卵入り炒り豆腐
清汁（ユバ、ミツバ）
わさび和え

昼食のあと、どうしても気にかかってたまらないことがあり、師長さんが部屋にいらしたのでお願いしてみる。

それは三十日の夜半、私がおもらしをした時、イヤな顔ひとつせず、その始末をしてくれた看護師のOさんに退院までに御礼がいいたかったのである。

何を食べてもおいしい

個人の病院なら御礼を物品ですることも出来るがここは公立の病院である。
そういうことは御法度である。
師長さんは「Oなら、本日、勤務で今います。呼びますね」と快く了承してくださり、Oさんがやってきた。
私はOさんの顔を見ると自然に涙があふれて来て、「あの夜、本当に迷惑かけました。親切にしていただいてありがとうございます。ひとこと御礼がいいたかったので」というのが精一杯だった。

Oさんは「いいえ、仕事ですから」とほほえみながらいった。

息子もたまたまその時間に部屋にいて、二人のやりとりを見ていた。

これで胸のつかえがとれた。

Oさんに御礼をいいたかったが、次の日からなかなかOさんに会える機会がなかったので、本日、師長さんにお願いして本当によかった。

光は二時頃帰って行った。

夜には光と祝雄が来てくれた。

病院での最後の夕食

その時、金太郎先生、紋次郎先生、H先生も来室してくれた。
心から三人の先生方に御礼をいう。

夕方のメニュー
全粥
鶏のカレースープ煮
ビーフサラダ
フルーツヨーグルト

アスパラソテー

大腸ガンの手術のあとなのに、鶏のカレースープ煮やビーフサラダが出て嬉しい。

別に大腸ガンの手術後だからといって、肉はいけない、牛乳や卵もいけないなどと思いこんでいたが、肉も牛乳も卵も野菜も果物もバランス良く食べたらいいのだとここ数日のメニューからわかった。

トイレと支柱台

個室へ移り、いつでもトイレへ自由に行けると思うと、人間の心身って不思議なもの。
それほどトイレを必要としなくなっていた。
大腸ガンの手術前後、トイレほど大切なものはないと思っていたのに。
手術前には下剤を飲むので、引っきりなしにトイレへ駆けこまなくてはいけない。
それも支柱台を押しての移動。
折角、トイレへたどりついたのに先客がいた時の悲しさ。
足を踏みならして我慢し、やっと空いた時の嬉しさ。
二度とこの便座から離れたくないと何度思ったことか。

それほどトイレを占有したい気持ちが強かった。どの人の思いも同じだろうと思う。

とにかく病院はトイレの充実が一番。

それとトイレのドアは出来るだけ背が高い方がいい。

私は何度も失敗した。

支柱台をやたらと高くされていて、古いトイレへ行くと、支柱台のてっぺんがつかえてトイレへ入れない。それで廊下へ出て、看護師さんが通るのを待ち、支柱台を低くしていただき、あらためてトイレへ入りなおした。

このことは後の入院患者のために記しておきたい。古いトイレのドアの高さに合わせて支柱台の高さは決めてもらいたいと。


夜、明日退院となると嬉しくてなかなか寝つけず、いろいろなことを思い出しては日記にメモをつけていた。

その中でも特記したいのは知恵の輪。

ここの看護師さんたちの頭の良さ、器用さには敬服した。

手術後、支柱台と体には五つの袋がぶら下がっていた。

点滴二ヶ（栄養剤と抗生物質）

ドレーンの袋

硬膜外麻酔用のボンベの入った袋
便の袋
私は子どもの頃から不器用で整理せいとんが苦手である。

それが顕著に出たのが入院中である。

袋のひもがからみ、もつれて、こんがらがって容易にはほどけない。

一日一回はきちんとしてもらっているのに、夕方や夜になるとこんがらがって目も当てられない。

それで看護師さんにお願いする。

すると、どの看護師さんも、もつれたひもをまるで知恵の輪を解くように、スーッと一本ずつのひもにしてくれるのでその度に感嘆の声をあげた。

それもいとも簡単にほどくのである。

よほど頭が良くないと無理だと私は思い、いつも感心して眺めるのだった。

いよいよ退院

九月三日　水曜日　くもり
昨日は朝から陽がさしていたが、今日は薄ぐもり。退院の時刻に雨が降らないで欲しいと願う。

いよいよ退院日。

長いようでもあり、短いようでもあるし感無量！

本当に皆さんによくしていただいて感謝！

女の子では末っ子に生まれ、両親には過保護で育てられた私に、まさかこんなに頑張れる力があったとは自分でも驚きである。

今、朝の六時五分。

先程は薄ぐもりであったが、今は陽がさして来て快晴である。

私はやっぱり晴れ女なのだ。

退院日なので薄化粧をする。

ピンクの口紅も久しぶりに塗る。

するといつもの元気だった頃の私の顔が鏡に映った。

鏡の自分によく頑張ったねと微笑んでみた。

朝の病院食が運ばれてきた。

パン二枚
果物
ジャム・マーガリン

大根サラダ（ツナ）
紅茶

これが病院での最後の食事だと思って味わいながらいただいた。

紅茶がやはりおいしいと感じられた。

いつも食器を集めに来てくださるが、今日は自分でお盆を持って廊下の所定の場所へ置きに行った。ありがとうの気持ちをこめてお盆を置いた。

カロリー計算をはじめ、その人その人の症状に合わせて献立を考えてくれた管理栄養士さん、実際食事作りにたずさわってくれた人、毎食、病室まで運んでくださった人、皿洗いをしてくださった人、みんなみんなありがとう。

朝食もすみ、荷物もすっかりまとめてくつろいで本を読んでいると、八時すぎ、紋次郎先生とH先生が来室。

昨夜、湿ったマスクをしていても咳が出たので、看護師さんに咳止めの薬を頼んでみたが、医師の許可がないと出せないといって、朝まで待った。

しかし、紋次郎先生に咳止めの薬を飲むと便秘するので、なるべく飲まない方がいいといわれる。

大腸ガンに便秘は禁物といわれているので咳止めの薬を飲むのをあきらめる。

ひょっとしたら病室が乾燥しすぎていてそうなっているのかもわからないし、家へ帰ったら治るかもしれないので。

紋次郎先生は続けて「薬はなるべくなら、飲まない方がいいと思う。自分の体の免疫力で治すべきだと思う。ぼくなんか、これまで痛み止めのロキソニンも二回くらいしか使ったことはないわ」というのだった。

紋次郎先生に「先生、ありがとうございました。今の笑顔を忘れないで、患者さんたちのために働いてくださいね」と御礼と御願いをいった。

本当に紋次郎先生は時間をみつけてはよく様子を見に来てくださった。来てくださったからといって何かをしゃべるというわけではなかったが、ベッドの傍に立ってくださっただけで、患者の身としては安心が広がる先生であった。

金太郎先生はその体格のように、傍にいるだけですっぽり心身が包まれているような気持ちになったものだった。

十時頃、祝雄が迎えに来た。

荷物は昨日のうちに光に持ち帰ってもらっていたので、小さい紙袋一ヶのみ。

十時半頃、病院を出て、私はスーパーへ寄り祝雄はとりあえず家に帰った。

十階のエレベーターに乗る前に、看護ステーションへ寄ったが、ちょうど忙しい時間と重なったのか、どなたもいなかった。

御礼もいえないまま病院を出たのが今でも心残りである。

晴れて退院した私はスーパーへ寄ったが気持ちが入院前の気持ちに戻っていたのには自分ながら驚いた。
二十一、二十二、二十三、二十四と家へ帰る途中、スーパーへ寄った時には、うまく表現出来ないが、本当は入院中の身なのにこんな所で買い物などしているという少し後めたいような気持ちが心の中にあった。
「ああ、今日から、わたしは誰に気がねもなく堂々と買い物が出来るのだ。もう入院患者用の手首のネームプレートもないのだ。長いこと見かけませんでしたね、取材旅行にでも行かれてたんですかときかれたら、にっこり笑おう。そうや、この二週間、わたしは大腸ガン患者の取材をしていたのだ」と思うと愉快な気持ちになってきた。

この二週間、おかげで知り合いにも会わなかった。私が入院していたことなど誰にも気付かれていない。

いつか、私の大腸ガン体験記が本の形になった時、みんなが、そうだったのかと知ってくれたらそれでいい。

みんなびっくりするだろうな。

スーパーで岩手県産のタラの切り身を買うのにどれにしようかと吟味しつつ、このようなことを考えていた。

入院費用について

祝雄はとりあえず家へ帰ったと先に書いたのは、入院費用の支払いをすませていなかったので、また病院へ向かわなければならなかったからである。

退院当日になって、事務局の女性がやって来て、高額療養費制度による窓口負担軽減についての説明を受けた。

当日なのであわてた。

その用紙には次のように書いてあった。

参考までに書き写す。

――医療費の自己負担額が高額となった場合、家計の負担を軽減できるように、一定の金額（自己負担限度額）を超えた部分が払い戻される高額療養費制度があります。ただし、食事代や個室代など自費負担は対象になりません。高額療養費制度は①自己負担金を全額支払い、後日保険者から高額療養費分の返還を受ける方法と、②自己負担限度額を病院窓口で支払う方法があります。

健康保険や区役所等に申請して「限度額認定証」を発行してもらうことをおすすめします。（以下略）――

それで祝雄が区役所へ自転車で行き、「限度額認定証」を発行していただいて、病院の窓口にて支払いをすませて帰宅した。
個室に事務局の女性が来て、説明を受けた時には五十数万円の請求だといっていたが、高額療養費が適用されると、合計で二十二万二千四十一円に減額された。
内訳は
八月二十一日から八月三十一日までの入院費が十六万二千三十六円。
九月一日から九月三日までが六万八六〇円。
その中には部屋代三万三百円が入っているから、もし、大部屋で通したのなら三万五百六十円となる。
千葉敦子さんの著書にあるアメリカの医療費と比べると破格の安さである。
ちなみにこのO病院での手術費は八万四千三百九十七円。麻酔費が一万六千二十九円。
高額療養費制度というのを初めて知ったが本当に良い制度だと思う。
祝雄が私の代わりに支払いに走り回ってくれ、心より感謝！
昼は三人揃って
タラのオリーブ焼きにレモンかけ
ほうれん草のおひたし
ベーコンと白菜のコンソメスープ味
いただきものの昆布のつくだ煮

いただきものの西利のつけもの（大根）
梅干し、山椒ちりめん

夜も三人揃って
牛肉、生しいたけ、糸こんにゃく、青ネギのいためもの
ウインナー、じゃがいも、人参、ピーマン、玉ネギ、ナスのカレー味スープ
昆布のつくだ煮（昼の残り）
西利のつけもの（昼の残り）
梅干し、山椒ちりめん

祝雄と光はやっと私の手作りのおかずが食べられ、「おいしい、おいしい」といって食べる。その姿を見ると、こちらの方が嬉しくて涙が出る。

二週間不自由をかけたので、これからは私なりに心を尽して料理を作りたいと思う。

昼過ぎ、実弟へ退院してきた旨、伝える。

最初、弟の妻が出て、あと弟が出た。

二人共、とても喜んでくれた。

弟の妻がまた見舞いに行かなくて申し訳ないというようなことをいったので、「いや来ない

親切に感謝するわ」と答えた。

私が帰ってきたので、また、いつものように泉州の方の野菜を送るといってくれた。弟宅からは一ヶ月に二度ほど野菜が届くので大助かり。特に手術後は重たいものが持てないので届くのが楽しみである。


やはり家はいい。

早速、タマと小ボスが甘えに来る。可愛い。

傷がしくしく痛むので、本日は大事をとって階下には下りなかった。

明日、シロ、小モモ、セサミ、プリンには会うことにする。階下の霊さまにも明日御礼をいうことにする。――我家では、一階の台所（昔、夫の両親が使っていた八畳ほどのスペース）にきょうだいのシロと小モモ、隣の部屋の居間（昔、夫の両親が食事をし、テレビを見ていた部屋、八畳ほどのスペース）にセサミとプリンが、二階にはタマと小ボスが飼われている。

それぞれ、飼われた時期も性格も異なるので仲良く共生させることがむずかしく、あえなく別に三ヶ所へ別れて暮らしているのである。

昨年までは二階に三匹と一匹に別れて住んでいた。

家が広いから出来ることで、このことに関しても今井家の先祖に感謝しつつ暮らしている。

眠る前に私の里の両親の写真に手を合わせる。私の勉強部屋の松下神父さまの写真にも手をあわせる。パパさまお二人の写真にも。

やっと我家の自分のふとんで眠れる幸福を噛みしめる。静かな喜びが私の心に充ちてくる。

エピローグ

日にち薬

九月四日　木曜日　雨

本日は雨。

昨日、退院出来て本当によかった。

朝までぐっすりよく眠れた。

久しぶりのことである。

毎朝、寝足りないので、頭もすっきりしないし、体もだるかったが、今朝はすがすがしい気分である。

やはり、自分のふとん、自分の枕で眠るのが一番いい。本日は便が二回出た。

それも硬い大きい便。便が大きすぎたのでなかなか出なくて苦労した。

昼すぎ、シャワーを浴びに階下へ。

セサミとプリンが私の姿を見て大喜び。

私のことを覚えていた。

シロも小モモも覚えていてくれた。嬉しい。

特に小モモは私といつも挨拶代わりにしていた「オハナとオハナ」をすぐにしてくれた。私の鼻の先に自分の鼻の先をくっつけるのである。可愛い。

階下の霊さまにも御礼。

実の親と暮らした月日よりはるかに長く一緒に暮らした今井の父母。

実の娘のように可愛がってくれた今井の父母。

何かあるとやはりすがる。

そしていつも見守ってくれていることを身近に感じる。

階段であるが、下りの時は楽であるが、上がる時、傷口が痛い。

しばらくは仕方なし。日にち薬だ。頑張ろう！

昨夜、日付けが変わる頃、人の気配に突然目が覚め、叫び出しそうになった。

何と、私のベッドの傍に丸坊主の男性がいるのだ。

これは大変なことだ。ナースコールをすぐに押して看護師さんに来てもらわなければと思い、ナースコールを探すもなかなかみつからない。

そのうち、はっきりと目が覚めた。

私が寝ぼけていたのだ。

丸坊主の男は私の夫であった。

「ああ、びっくりした。どこのおっさんがわたしのベッドに近づいてきたんやろう思うてナースコール押すとこやったんよ。昨日の今日やから、まだ病院のベッドにいる気分やったんやわ。ごめんね、あやしいおっさんと間違えてしもうて……」

と私は夫にあやまった。

夫は苦笑いをしていた。

九月五日 金曜日
夜中の二時頃トイレへ行き、十分ほど座っていた。大きな大きな便が三本出た。
朝の七時頃にも大きな大きな便が四本出た。
夜七時前にも大きな便、小さな便、七、八ヶ出る。
夜八時頃、大きな便三本。
本日はよく便の出る日であった。

弟宅より野菜の宅急便届く。ありがたし。

梨（大）四ヶ、ブロッコリー（大）二ヶ、ほうれんそう二束、じゃがいも一袋、大根二本、きゅうり三本、キャベツ（大）一ヶ、りんご（大）五ヶ、玉ネギ三ヶ入りが二袋、青ネギ一束、ぶどう（大）一房、人参三本、かぼちゃ半分が二ヶ。

これで当分、野菜を買いに行かなくてすむ。

重たいものが持てないので本当に助かる。

私の方からもこうはらさんの出し昆布やつくだ煮昆布を送ろうと思う。

里の父母に似て、私も弟も他のきょうだいもあげたり、もらったりするのが好きなのである。

毎日、日記はつけているが、ほとんどトイレが友だちで、便が何時にいくら出たという記述が多く、読者の方は退屈だと思うので省くことにする。

さて支払いを二十二万ほどしたことは前に書いたが、入って来たお金も記したい。

我家は大きい生命保険には加入していなくて、大阪府の府民共済だけである。

掛金は一人一ヶ月二千円。

入院の際には一日五千円。

府民共済に電話すると、書類を送るのでそれに記載し、退院する時にもらっているはずの退院証明書のコピーを同封して返送していただけたら支払いますとの返事。

あまりに手続きが簡単なので再度聞き返すとそれでいいとのこと。

翌日には書類が届き、すぐに記入し、退院証明書をコピーして送ると、何と一週間以内に五千円かける十四日分、七万円が振り込まれていたのには驚いた。

民間の会社と比べて支払いが早いとはきいていたがこれほど早いとは思っていなかったので感激した。

私はこの府民共済をこれまで沢山の人にすすめてきた。一ヶ月一人二千円ならへそくりでまかなえるから入るようにと。

今回の私の例からもまだ入っていない大阪府民の人がいたら是非おすすめしたい。

結局、私の二週間の入院、手術の療養費は二十二万引く七万で十五万であった。

もし大部屋なら十二万というところである。

口内炎と舌炎に苦しむ

退院して十日くらいは便もよく出て、食欲もあり、順調な回復であったが、九月十三日頃より、口内炎と舌炎になり、痛みで苦しい日々を送ることとなった。

何が原因かわからない。

特に舌の先が赤くなって、水を飲んでもしみて痛い。

舌と胃は関係があると、以前取材したお医者さんにきいたことがある。

胃の中が舌にそのまま表われるというのである。

胃カメラでもCTでも胃はきれいといわれたはずなのに、わずかの期間に胃が荒れてしまっているとは信じがたいが、漢方の食前の胃薬を飲んでみた。

しかし、一向によくならない。

しゃべったら痛いので、その日から延々と二週間くらい、筆談で夫や息子ともしゃべった。スーパーで日頃よく立ち話をする人と会ってもほほえむくらいしか出来ない。「今井さん、わたしを避けてるん? 最近、愛想なくなってよそよそしいわ。寂しいわ」といわれたので、次から、メモを持ち歩いた。

「ごめんね。口内炎と舌炎でしゃべれないの。治ったら、また前通りしゃべるからよろしくね」メモを見せるとわかったらしく、にっこりしてくれたのでホッとした。

日頃から夫は「美沙子がしゃべらなくなったら病気やな」といっていたが、その通りになってしまったのである。

手術後のおなかの傷の痛みより、舌の先の痛みの方が辛かった。

濃いあたたかいお茶でうがいをし、はちみつを塗ると治るとある本に書いてあったので、それをしてみても治らない。

薬用のはちみつ、ケナログを塗っても治らない。とにもかくにも辛い。

従って誰から電話があってもしゃべれないのですべて留守にしていますと断ってもらうほか

はない。

九月二十日、大腸ガンの体験談（この稿）を出版してくださる予定の東方出版稲川社長が来訪の折りも口内炎、舌炎がひどく、満足にはしゃべれなかった。

夫が傍について、私の筆談を伝えてもらうという有様であった。申し訳なし。

十月末までに脱稿し、来年一月末には本の形になるという出版予定になったので頑張って書かなければならない。


九月二十五日、退院後、初めての面談が朝十時半よりある予定。

その前に採血するようにといわれていたので採血し、十一時過ぎより金太郎先生と面談する。

金太郎先生、にこにこと迎えてくださる。

「元気そうやん。初めて会った時の顔や。どうですか?」

「それが、口内炎と舌炎に苦しんでいます」と低い声で答える。

しゃべるととても舌が痛いので、筆談と両方で面談していただく。

「今日はえらいしおらしいな」

と私の辛さも知らないで金太郎先生は茶化すようにいう。それから本題に入る。

採血結果はとてもよかった。

炎症なし。貧血なし。すべてよかった。

そして、私のS状結腸ガンの病理検査であるがステージⅡとのこと。

ステージⅢ以上だと抗ガン剤、放射線治療をすすめるが、Ⅱなのでその必要なしとのこと。

よかった。胸をなでおろす。

病巣は卵巣と小腸に接触はしていたが、幸いにも浸潤はなかった由。

リンパ節二十一ヶ所切除しているが、二十一ヶ所共に転移はなかったとのこと。

病理検査の結果もよかった。

万歳！　と、叫び出したいほど嬉しかった。

一瞬、口内炎、舌炎の痛みも忘れるほど。

次は二ヶ月後の面談。

二ヶ月後の次は三ヶ月後とのこと。

しかし、大腸ガンは、五、六人に一人の割合で再発するので油断は出来ないという。

私のS状結腸ガンの切除した映像を見せてもらった。

長さは七センチメートル。

形の悪い毒きのこが腐ったような何ともグロテスクなガンであった。

大腸は二十センチほど短くなったが、全長が一・五メートルだから、「まあ、何とかカバー出来るかな」と楽観的に思った。

大腸の役割は、糞便の作成、貯蔵、水の吸収である。

これからもイメージ療法で大腸がよく働けるように励ましの言葉をかけてやりながら共に毎日を過ごしたいと思う。

手術の時、左の卵巣と右の小腸に腫瘍がくっついていたが、炎症でくっついていただけで、病理学的には浸潤はなくて、大腸の外側には出ていなかったと、金太郎先生が教えてくれたので、ホッと救われた思いがした。

自分のガンの映像を見せられた時、こんなものをかかえていたのか、それなのに絶対手術はイヤだといい張ったことを思い出し、申し訳なさで、こみあげるものがあり、金太郎先生の前で涙が出てしまった。

「どないしたん?」

と金太郎先生は私の顔を覗き込み、その場を明るくするかのように

「初めてここへ来た時、手術は絶対イヤだといい張って、ああいえばこういう、こういえばああいう、大変やった。心の中では、口にガムテープを貼って手術室へそのまま連れて行こうかと思ったほどやった」

と笑いながら冗談をいった。

私もつられて笑った。

そのまま放っとけば腸閉塞になり、命を落としかねないので、何とか助けてやろうと言葉を尽して説得に当ってくださった金太郎先生に逆らったこと、この稿を借りて心よりお詫び致し

ます。

食べるものはバランス良く食べるなら何を食べてもよく、湯船につかるのもいいといわれる。

口内炎、舌炎のためにうがい薬を出していただく。

炎症止めのうがい薬とのこと。

二本で六百十円。

採血と面談の支払い、千三十円。


消化器外科の受付の所に『消化器のひろば』という本があり、持ち帰って読む。

ジャーナリスト・テレビコメンテーターの鳥越俊太郎氏が大腸ガンの再発、転移体験をすべてお話ししますとしてゲストで登場していた。

大腸ガン→転移肺ガン→転移肝ガンを克服した過程を対談形式でしゃべっていた。

よほど精神的に強い人なんだろうと思った。

また家族関係も良好なんだろうなと話のはしばしから感じられた。

私がガンの本ばかり読んでいるのを知った金太郎先生に忠告を受けたことがあった。

「別のガンの本なんか読んでも何の参考にもならない。読むだけ無駄。まあ、同じ大腸ガンなら十分の一くらいは参考になるかもしれないけど。ガンていうのは同じ病名であっても百人いたら百人ちがう。出来る場所も進み方も治り方もそれぞれ違うんやから」

それ以来。私は大腸ガンにしぼって読むようにしているが、鳥越さんの体験談を丁寧に読んで、金太郎先生の忠告、なるほどと合点がいった。

私の場合は病理検査の結果はステージⅡ、鳥越さんの場合はステージⅣ、前兆も、私の場合は下血で知らされたわけではなく体がだるいのと体温が高くなったことであるが、鳥越さんの場合は排便の際、水が赤黒く濁ったことが二度あり、それからしばらくして、出張先のホテルで排便したら鮮血がドバッと出たりしているし、術後も重湯――五分がゆ――三分がゆ――全がゆと普通食へと戻していく時に経験した小腸の蠕動痛《ぜんどう》は実に耐えがたいものでしたと述懐しているが、私にはそういう痛みは全くなかった。

四時前に弟より電話。

本日の病理検査の結果を心配して。

夫より本日の良好だった結果をかいつまんでしゃべってもらい、後日、口が治り、しゃべれるようになったら電話すると伝えてもらう。

夜の体重、パジャマを着たままで三七・六キログラム。

早く四十キロになりたい。

沢山食べて体重をふやしたい。

毎日日記はつけているが便のこと、原稿のことなど個人的なことが多いのでまたしばらくの分、省きたい。

九月三十日の午後、柳澤桂子さんの『癒されて生きる』を再読していたらひらめいた。

その文章には「救助」という小見出しがついていて、柳澤さんの病名も原因もわからない病気の状況を救うきっかけになった出来事が紹介されていた。

柳澤さんの友人は膠原病で、ステロイド（副腎皮質ホルモン）を飲んでいた。

柳澤さんには病気の初期から視力が時々落ちるという症状があったが二〇年目ころから激しい眼底の痛みをともなうようになっていた。その痛みはどんな痛み止めを使っても止まらない。

柳澤さんの症状をきいた友人は「とにかく試してご覧なさい」といって、柳澤さんにステロイドを送ってくれた。

結果は劇的であった。柳澤さんの眼の痛みはステロイドで止まり、はっきりと見えるようになったのである。

私はこの文章を読んだ時、「そうや、わたしにも試したい薬がある」と思い当ったのである。

それは、昨年、私の右ひざが腫れて痛んだ時、整形外科病院でいただいた痛み止めと炎症止めの薬がまだ残っていたことを思い出したのである。

「よし、試しに飲んでみよう」

と思い立ち、夕食のあと、痛み止め薬と炎症止め薬を一錠ずつ飲んだ。

すると翌朝、口の中が少しましになっていた。効いたのである。

それから三日間、朝、晩二回飲み続け、完治したのである。

何ということであろうか。

柳澤さんの御本に触発され、あんなに苦しんでいた舌炎と口内炎が治ったのである。

この稿を借りてありがとうございますと申し上げたい。

親友CちゃんとS子さん

さて、話は変わって、私が入院、手術したことは弟と幼なじみの医師にしか打ち明けていないことは先に書いたが、それが守り通せたのだろうかと読者は疑問に思っているかもしれない。

その疑問の通り、一人だけにはわかってしまった。

十八歳で大阪へやって来て以来の五十年もの間の親友、Cちゃん。

彼女からは何度も電話をいただき、その度に出かけてますといってもらっていたが、やはり隠し通すことは出来ず、私の方から電話をして入院手術のことを打ち明けた。

彼女は驚き、あとは涙声になってしまった。

病院へ見舞いに来たとしても彼女はわたしの姿を見て泣いたであろう。

やはり、病院で会わなくてよかった。

私が電話したのは九月九日。

すると一ヶ月ほどして十月七日、手紙が届いた。

「今日は。御無沙汰しています。その後、体調はいかがでしょうか。

私達の年代になると、みんなどこか悪い所があって、病気の話になってしまいます。

でも前向きの話題に変えないといけませんね!!

先日、美沙子さんと電話でお話しして、日頃の自分の精神の弱さを反省してしまいました。

一度、お見舞いに伺いたいと思って居りますが、是非、連絡下さいね。

入用な物があれば教えてね。

いつでも行きますから。

では、くれぐれもお身体、御自愛下さいませ。

美沙子さまへ」

と書いてあった。

親友とはいいながら、しつこく電話せず、手紙を書くなんて、やっぱりCちゃん、節度をわきまえていて奥ゆかしいと私は嬉しく思った。

翌日の夜、電話し、厚かましい私は入用のものはおかずになる食べ物だとCちゃんに伝えた。

Cちゃんは翌日の午後一番にやって来た。

沢山の食べ物を下げて……。

私が思ったよりも元気そうだったので安心して帰って行った。

退院して以来、私は華やかな色や柄の洋服を買うようになった。

それまで、黒、こげ茶、ベージュ、グレイを基調にした比較的シックな洋服を好んで着ていたが、病気をして以来、病気なんかには負けていられないとばかりに、うんと華やかな洋服を身につけることにしたのだ。

Cちゃんが来た日にも赤を基調にした抽象的な柄のブラウスを着ていたので、そのブラウスが私を元気そうに引き立ててくれたのだろう。そして濃い目のピンクの口紅、めったに塗ったことのない頬紅も塗って、Cちゃんを迎えたのだった。

もう一人の親友、京都在住のS子さんも後日、私の大腸ガン手術のことを知り、ねぎらいの便りと共に、心のこもった贈り物を宅急便にて届けてくれた。

参考までにその品々を記したい。

とらやのようかん、長崎福砂屋のカステラ、たきこみ御飯の素（竹の子、しいたけ類）、みそ汁の素五袋、松たけのおすいもの五袋、ふの中に入ったおすいもの五袋、つくだ煮のびんづめ二種（のり、ひじきと梅）、玉露のお茶、ふりかけの錦松梅、赤かぶらのつけ物、いわしのめんたい煮、つけ物袋入り二種。すべてデパートで買った高級品。

その日、すぐに竹の子御飯を炊き、松たけのおすいもの、いわしのめんたい煮をおかずにしていただいた。

そのこまやかな心づかいがありがたくて涙ぐみながら、口に運んだ。

このように術後、体調がすぐれない時には熱い御飯さえ炊けば、あとおかずになるものが手許にあると、買い物に行かなくてすむし、本当にありがたい。

私も今回の自分の経験から、Cちゃんやs子さんの心づかいを見習いたいと思っている。

老いへの予行演習

退院して一ヶ月半が経った。

やっと体重も四十キロに近づいた。

道で人と会えば、「今井さんはいつも元気やねぇ、若いねぇ、年、反対にとってるんとちがう」といわれる。お世辞とは思いつつも嬉しくて口を結べない単純な性格の私である。

あの入院、手術の二週間を振り返ると、今ではまるで夢のように感じられる。

今日もスーパーへ急ぐ途中の道で立ち止まり、自分の入院していた病院の十階の窓を見上げて不思議な気持ちになる。

そして、とらわれの身から解放されたという喜びが体中に広がる。

誰にも束縛されず、堂々と外を歩ける喜び、何時までに病院のベッドに帰らなければならないという制約もない。

第一、点滴の支柱台から解放され、両手を振って歩けるし、顔も両手で洗える。

着がえも両手で出来る。風呂にもつかることが出来る。食事も自由に出来る。

あの不自由な二週間を経験したことで、今、私は何に対しても感謝出来、どんな些細な事に対しても心から手を合わせることが出来る。

私は六十七歳まで比較的平らな人生を歩んで来られたと思う。

小さな山や谷には遭遇したが、何とか乗り越えることが出来た。

十八歳で五島列島から大阪へやって来て、会社勤めをしながら、自分なりに文章修業に励んできた。

二十三歳で夫と知り合い結婚し、夫の家族と同居し、二十四歳で息子を産み、三十一歳で念願のノンフィクション作家として出発した。これまで八十冊ほどの本を刊行していただいた。

健康にも恵まれ、家族にも恵まれ、仕事にも恵まれ、友人にも恵まれてきた。

あまりにも平らな人生を歩んでいたので、神さまから、ひとつの大きな試練を与えられたのだと思うことにした。

入院、手術の二週間、これから老年へ向かう予行演習をしていたのだと思う。

車椅子にも乗せていただいたし、風呂もシャワーも使えない時には、看護助手さんに熱いタオルで体をきれいに拭いていていただいた。

おもらしをした時には、看護師さんにお尻の始末もしていただいた。

いずれやって来るかもしれない介護される立ち場の予行演習をしていたのだ。

そんな時、素直な気持ちで介護をありがたく受け入れられるよう、心がまえをしっかり教えていただいたのだ。

私のS状結腸ガンはこのまま気付かずにいたら、余命一年であったが、金太郎先生の強引ともいえる入院、手術のすすめで、命を助けていただいた。

しかし、命は有限である。その残された命を無駄にしないよう、これからも毎日毎日を、大切にして生きていくつもりである。

そして、いつか命尽きた時、骨は分骨してもらい、今井と実家の墓に入れてもらうよう夫と息子にお願いしている。

私の実家の墓石には、私の書き文字そのままの、次の言葉が刻まれている。

まわりをあたためていた家族
命ゆたかに生きて
今　ここに
肩寄せ合って眠る

あとがき

今日は二〇一四年十二月七日。

早いもので退院して三ヶ月が過ぎた。

たった三ヶ月しか経っていないのに、もう何年も前の出来事のような気がしている。

それればかりか、入院、手術の日々は本当だったのだろうか、夢だったのだろうかと思うことすらある。

しかし、今、活字になった闘病記を読み返すと、確かに私は大腸ガンになり、手術をしたのだと再認識される。

これまで多くの本を書いてきたが、本の形になると、自分が本当に書いたのだろうかと思うのは毎度のことである。

今回も私は読者の一人となり、大腸ガンになった一人の女性の心身の記録を追体験している。

本の形になると、もう一人の私が現われて、外側からしっかり内側の自分を眺めてしまうのが不思議だ。

記憶と記録はしばしば異なるとは、よくいわれることであるが、わずか三ヶ月で鮮明な記憶が薄らいでいっているのを感じる。

私は毎日『覚え書きノート』に、克明に自分の言動を記録している。入院の際にも持参し、毎日、詳しく綴った。

初めての体験である大腸ガンのことは記録しておかなかったら、何年か後、記憶だけに頼って書くと、まちがった闘病記になるかもしれない。幸いなことに『覚え書きノート』が手もとにあったので、リアルな闘病記となりえたと思っている。


十一月二十七日、退院後二回目の主治医との面談があった。

十一月二十日に採血していた血液検査の結果がわかった。

一番気にしていたCEA（大腸の腫瘍マーカー）が一・九に下がっていた。五以下が正常値なのである。

体に違和感を感じて、初めて血液検査を受けた七月末には二十七・〇であり、その後、八月初めにはさらに上がって、五十二・三という正常値の十倍もの値であった。

やっと手術して、一・九に下がった。

血液検査の結果は他の値も良好であったので、金太郎先生はにこにこしてよかったと喜んでくださった。

次は二〇一五年の二月末。

その時には血液検査と共にCT検査も受けなければならない。

経過観察があと五年続くのである。


大腸ガンになってから心身をよくいたわるようになったと自分では思う。

疲れたら無理をせず、横になることにしている。手術前には考えられなかった。

それまで自分の健康を過信し、自分の体を思いやることをあまりしなかったという反省からである。


昔から一病息災ということばがある。

大腸ガンという病いをかかえたことが、これからの私の余生を大切に生きる要になるかもしれない。

何事も良い方へ解釈して暮らしたいと思っている。大腸ガンになったことで、私はこれまでの人生、これからの人生についてよく考えるようになった。

先日、親友のS子さんより電話があり、「美沙子さん、元気だった頃、『わたし、ガンがみつかった時にはもう手遅れで手術もできないで、余命いくばくもない方がいいわ』って言ってたけど、今はそう思えへんよね。やっぱり、手術できる時にみつかった方がよかったよね。手術もうまくいったしね」といわれた。

そうそう思い出した。

元気な頃、そういう不遜なことを口走っていたのであった。

あれも反省、これも反省の連続である。

二週間の入院生活の中で学んだことは、人間て、その気になれば簡単な生活ができるんだということである。

三着のパジャマと数枚の下着と靴下、洗面用具、基礎化粧品、ノートと筆記用具、それらがあれば充分であった。

手術直前、死を意識したこともあり、退院後は身の回りの整理をしては、もらってくださる人に差し上げる作業を続けている。

身軽にならなければと思っているのである。

もう、今あるもので充分である。

これからは足し算ではなく、引き算の暮らしをしなければと真剣に思っている。

大腸ガンと共に、私の欲も一緒に切りとっていただいたようで心身がすがすがしい。

このすがすがしさを死ぬまで保ちたいというのが、私のこれからの生きる指標である。

入院中は、金太郎先生をはじめ、紋次郎先生、桃二郎先生とそのあとの担当のH先生、看護師長さんはじめ看護師の方々、看護助手の方々、同室の方々、給食にたずさわってくださった方々、お掃除のおばさん……、沢山の人たちのお世話になりました。

心より御礼申し上げます。

そして、私の入院中、昼に夕に様子を見に来てくれた、夫、今井祝雄、息子、今井光にもありがとう！をいいます。


とりとめのない個人的な大腸ガンの闘病記を本の形にしてくださった、東方出版社長、稲川博久氏はじめ、社の皆さまにありがとうを申し上げます。

末筆になりましたが、私の読み辛い書き文字をワープロ化し、編集してくださった北川幸さんに御礼申し上げます。

そして、最後までお読みくださった読者の皆さまにも厚く御礼申し上げます。

二〇一四年十二月七日　夜

今井美沙子

本書に出てきた書籍

『足の裏健康法――この一押しで気分爽快、元気モリモリ』竹之内診佐夫、ごま書房、一九八九年
『医者に殺されない47の心得』近藤誠、アスコム、二〇一二年
『癒されて生きる――女性生命科学者の心の旅路』柳澤桂子、岩波現代文庫、二〇〇四年
『NHK人間大学　死を看取る医学』柏木哲夫、NHK出版、一九九七年
『がん患者学――長期生存をとげた患者に学ぶ』柳原和子、晶文社、二〇〇〇年
『ガン細胞が消えた――免疫療法の最前線』八木田旭邦、二見書房、一九九七年
『ガンと向き合う日々――その時家族は医師は病院は』高橋久未子、冬青社、二〇〇五年
『がんのセルフコントロール――サイモントン療法の理論と実際』カール・サイモントン他著／近藤裕監訳／河野友信・笠原敏雄訳、創元社、一九八二年
『ガンは切らずに治る――21世紀のガン治療が始まった！』前田華郎、DHC、二〇〇〇年
『がん放置療法のすすめ――患者150人の証言』近藤誠、文春新書、二〇一二年
『がんを克服し、生きる』近藤裕、創元社、一九八八年
『がんを狙い撃つ「樹状細胞療法」』高橋豊・岡本正人、講談社+α新書、二〇〇七年
『奇跡の泉ルルドへ』竹下節子、NTT出版、一九九六年

『昨日と違う今日を生きる』千葉敦子、角川文庫、一九八八年
『幸せはガンがくれた――心が治した12人の記録』川竹文夫、創元社、一九九五年
『消化器のひろば』二〇一四年秋号、日本消化器病学会、二〇一四年九月二〇日発行
『聖ヨゼフに祈る』カシアノ・テティヒ、聖母文庫、一九八九年
『大学教授がガンになってわかったこと』山口仲美、幻冬舎新書、二〇一四年
『乳ガンなんかに敗けられない』千葉敦子、文春文庫、一九八七年
『ニューヨークの24時間』千葉敦子、文春文庫、一九九〇年
『百万回の永訣――がん再発日記』柳原和子、中央公論新社、二〇〇五年
『柳原和子もうひとつの「遺書」――がん患者に贈る言葉と知恵』工藤玲子編著、マーブルブックス出版本部、二〇一二年
『病みながら老いる時代を生きる』吉武輝子、岩波ブックレットNo.７１７、二〇〇八年
『寄りかかっては生きられない――男と女のパートナーシップ』千葉敦子、文春文庫、一九八九年
『わたしの乳房再建』千葉敦子、文春文庫、一九八八年

今井美沙子（いまい・みさこ）
1946年、長崎県五島列島生まれ。ノンフィクション作家。
1977年『めだかの列島』（筑摩書房。2002年、清流出版より再刊）で執筆活動に入る。『わたしの仕事』（全10巻、理論社）で産経児童出版文化賞を受賞。1986年『心はみえるんよ』（凱風社）が「ふたりはひとり」として日本テレビ系列でドラマ放映。
著書は、『心の旅を――松下神父と五島の人びと』『人生は55歳からおもしろいねん』『60歳、生き方下手でもいいじゃない』（以上、岩波書店）、『316人の仕事のススメ』（小学館）、『おなごたちの恋唄』（集英社文庫）、『やっぱり猫はエライ』（樹花舎）、『もったいない じいさん』『家縁 大阪おんな三代』『姑の言い分 嫁の言い分』『ことばの形見――父母からもらった50の言葉』（以上、作品社）、『夫の財布 妻の財布』（東方出版）など多数。

わたしでよかった――さよなら大腸ガン

2015年2月23日　初版第1刷発行

著　者――今井美沙子
発行者――稲川博久
発行所――東方出版（株）
〒543-0062　大阪市天王寺区逢阪2-3-2
Tel. 06-6779-9571　Fax. 06-6779-9573
装　幀――森本良成
印刷所――シナノ印刷（株）

乱丁・落丁はおとりかえいたします。
ISBN978-4-86249-237-1

夫の財布 妻の財布 今井美沙子 1500円

地下足袋の詩 歩く生活相談室18年 入佐明美 1500円

マタニティ操体 安産のためのしなやかなからだ作り 細川雅美・稲田稔編著 1200円

不妊治療 食事と生活改善 豊田一 2000円

がんと闘う温熱療法と免疫 菅原努・畑中正一 1200円

大阪弁のある風景 三田純市 1500円

続大阪弁のある風景 三田純市 1500円

街道散歩 関西地学の旅10 自然環境研究オフィス編著 1500円

しゃれことば事典 相羽秋夫 1500円

＊表示の値段は消費税を含まない本体価格です。